Bianca

W9-DEW-666

AISLADOS EN EL PARAÍSO

Clare Connelly

HARLEQUIN™

Cualquier forma de reproducción, distribución, comunicación pública o transformación de esta obra solo puede ser realizada con la autorización de sus titulares, salvo excepción prevista por la ley.
Diríjase a CEDRO si necesita reproducir algún fragmento de esta obra.
www.conlicencia.com - Tels.: 91 702 19 70 / 93 272 04 47

Editado por Harlequin Ibérica.
Una división de HarperCollins Ibérica, S.A.
Núñez de Balboa, 56
28001 Madrid

© 2017 Clare Connelly
© 2018 Harlequin Ibérica, una división de HarperCollins Ibérica, S.A.
Aislados en el paraíso, n.º 2653 - 3.10.18
Título original: Innocent in the Billionaire's Bed
Publicada originalmente por Harlequin Enterprises, Ltd.

Todos los derechos están reservados incluidos los de reproducción, total o parcial. Esta edición ha sido publicada con autorización de Harlequin Books S.A.
Esta es una obra de ficción. Nombres, caracteres, lugares, y situaciones son producto de la imaginación del autor o son utilizados ficticiamente, y cualquier parecido con personas, vivas o muertas, establecimientos de negocios (comerciales), hechos o situaciones son pura coincidencia.
® Harlequin, Bianca y logotipo Harlequin son marcas registradas por Harlequin Enterprises Limited.
® y ™ son marcas registradas por Harlequin Enterprises Limited y sus filiales, utilizadas con licencia. Las marcas que lleven ® están registradas en la Oficina Española de Patentes y Marcas y en otros países.
Imagen de cubierta utilizada con permiso de Harlequin Enterprises Limited. Todos los derechos están reservados.

I.S.B.N.: 978-84-9188-977-9
Depósito legal: M-27640-2018
Impresión en CPI (Barcelona)
Fecha impresion para Argentina: 1.4.19
Distribuidor exclusivo para España: LOGISTA
Distribuidor para México: Distibuidora Intermex, S.A. de C.V.
Distribuidores para Argentina: Interior, DGP, S.A. Alvarado 2118. Cap. Fed./Buenos Aires y Gran Buenos Aires, VACCARO HNOS.

R0454049343

Prólogo

RESULTABA extraño que allí, en una isla donde su madre había pasado tan solo unas pocas semanas de su vida, Rio se sintiera tan cercano a ella. Era casi como si su presencia bramara entre las paredes de la caseta o surgiera de entre las olas que iban a romper junto a él. Allí, no la veía como había estado al final de sus días, débil y enferma. Allí, se la imaginaba libre, corriendo por la arena y riéndose a carcajadas.

Hizo girar ligeramente el whisky en el vaso, para que el hielo tintineara contra el cristal. El sonido quedó ahogado por los de la isla. La playa, las gaviotas, el susurro de los árboles. Incluso las estrellas parecían estar hablando unas con otras... y se veían tantas estrellas en aquella isla, perdida en medio del mar, lejos de la civilización.

A Rosa le había encantado aquel lugar.

Mientras pensaba en su madre, Rio no sonreía. Su vida había estado marcada por la pérdida y las dificultades hasta el final de sus días. Y en aquellos momentos, él estaba sentado en la isla del hombre que podría haber aliviado gran parte de ese dolor si le hubiera importado o hubiera querido.

No. La isla ya no era de Piero. Le pertenecía a Rio. Un regalo que llegaba un poco tarde y que Rio ciertamente no quería.

Incluso en aquellos momentos, un mes después de la

muerte de su padre, Rio sabía que había hecho bien en rechazar cualquier posibilidad de reconciliación.

No quería tener nada que ver con el poderoso magnate italiano. Nunca había querido ni nunca lo querría. En cuanto hubiera logrado deshacerse de aquella maldita isla, no volvería a pensar más en él.

Capítulo 1

¿CRESSIDA Wyndham?

Había llegado el momento de corregir la mentira. De ser sincera. Si quería escapar de aquel maldito lío, debería decirlo en aquel preciso instante.

«No, soy Matilda Morgan. Trabajo para Art Wyndham».

Sin embargo, estaba contra la pared en aquella ocasión. Lo que había empezado como un favor ocasional para la heredera difícil de contentar se había convertido en una obligación de la que ya no podía escapar, y mucho menos después de aceptar treinta mil libras por aquel «favor» en particular. La habían comprado y habían pagado por ello. Si no cumplía su parte del plan, las consecuencias serían fatales. Además, solo se trataba de una semana. ¿Qué podía ir mal en siete soleados días?

—Sí... —se oyó murmurar, antes de recordar que se suponía que debía comportarse como la heredera de una fortuna multimillonaria. Murmurar agachando la cabeza no era propio de la imagen que debía transmitir.

Levantó el rostro y se obligó a mirar a los ojos al hombre que le había preguntado y a esbozar una radiante sonrisa... que se le heló en el rostro cuando reconoció frente a quién estaba.

—Usted es Rio Mastrangelo.

El rostro de él no expresó nada, pero no era una sorpresa. Illario Mastrangelo era famoso por su despiadado dinamismo. Se le atribuía un corazón de hielo y piedra, que abandonaba cualquier acuerdo a no ser que pudiera imponer sus términos. O, por lo menos, eso era lo que se decía.

—Sí.

La lancha fueraborda se agitaba rítmicamente bajo sus pies. ¿Era esa la razón por la que ella se sentía tan rara? Miró al piloto de la lancha, un hombre de baja estatura, desdentada sonrisa y piel curtida, pero él estaba absorto en su periódico. De él no podía esperar ayuda alguna.

—Había esperado reunirme con un agente inmobiliario —dijo ella para romper el pesado silencio.

—No. Nada de agentes —replicó él. Se metió en el agua poco profunda sin importarle, aparentemente, que se le mojaran los vaqueros hasta por debajo de la rodilla.

«Nada de agentes». Genial. Cressida le había dicho que tendría que tratar precisamente con un agente.

«Vais a estar tú, un tipo de una agencia inmobiliaria y los empleados que estén en la isla. Lo único que tienes que hacer es decirles que quieres estar a solas para conocer realmente el lugar y poder relajarte. Podrás descansar todo el día, disfrutar de deliciosas comidas... ¡Las vacaciones perfectas! No te supondrá nada del otro mundo».

No. Nada del otro mundo.

Solo con mirar a Rio Mastrangelo, Tilly comprendió que la realidad era precisamente lo opuesto. Aquel hombre sí era algo de otro mundo y un experimentado negociador. Ella se sentía desesperadamente fuera de su zona de confort, aunque las aguas cristalinas que rodeaban el hermoso barco tuvieran muy poca profundidad.

—¿Tiene equipaje?

–Ah, sí –asintió ella mientras agarraba la bolsa de viaje de Louis Vuitton que Cressida había insistido en que se llevara.

Rio la tomó y miró a Tilly a los ojos. Se adivinaba una cierta curiosidad en su mirada.

Tilly sintió que el estómago le daba un vuelco, al ritmo de las olas. Él era mucho más guapo en persona o tal vez era que ella jamás le había prestado mucha atención.

Conocía algunos detalles sobre él. Era un empresario del negocio inmobiliario hecho a sí mismo. Había salido en las noticias hacía un año porque compró unos terrenos en el sur de Londres para urbanizarlos. Tilly se acordaba de ese detalle porque se alegró. Había un hermoso y antiguo pub allí, uno de los más antiguos de Londres, en el que ella había trabajado un verano después de que terminara sus estudios. La idea de que se demoliera la había entristecido profundamente, pero Rio había dicho en aquella entrevista que tenía la intención de renovarlo.

–Viaja ligero –comentó.

Tilly asintió. Había metido unos cuantos bikinis en la bolsa, junto con un par de chanclas, unos libros y algunos vestidos de verano. Lo justo para pasar una semana a solas en una isla tropical.

Él se colgó la bolsa del hombro y levantó una mano hacia ella. Tilly la miró como si él acabara de convertirse en una rana.

–Estoy bien –dijo secamente.

Inmediatamente, se recriminó haber usado aquel tono de voz. Cressida no se habría dirigido a él con un tono de voz tan seco y tan remilgado al mismo tiempo. La manera de ser de Cressida hacía que un viaje a Ibiza pareciera una visita a una residencia de ancianos. El padre de Cressida, que era el jefe de Tilly, se había mostrado encantado de que su hija hubiera demostrado por fin un poco de interés en el negocio y que hubiera accedido a visitar la isla para valorar su potencial como resort turístico.

Rio Mastrangelo no tenía la belleza típica de un actor de cine. No era el típico rubio de ojos azules que a Tilly le resultaba irresistible. No. Tampoco era el hombre de aspecto convencional que había esperado. Más bien, era salvaje. Indomable.

Lo miró de reojo y decidió que esa era la descripción que mejor encajaba con él. Su piel estaba muy bronceada por todas partes y tenía una barba que indicaba claramente que hacía días que no se había afeitado. Sus ojos eran profundos, de un color gris oscuro que igualaría al color del océano. Estaban enmarcados por espesas y largas pestañas. Su cabello era negro, más largo de lo esperado, y se le rizaba ligeramente en las puntas.

Su físico era el de un atleta. Alto, de anchos hombros, musculado... Sin embargo, eran sus ojos lo que más llamaba la atención de él.

Cuando se giró hacia él, Rio la estaba observando. Ella se sintió como si hubiera recibido un impacto. Los ojos de él se prendieron de los de ella, gris batallando contra el verde. El barco volvió a tambalearse. Tilly se inclinó para recuperar el equilibrio.

Había elegido un sencillo vestido para el vuelo a Italia. Era una marca de diseño, pero lo había comprado en una tienda de segunda mano hacía ya algún tiempo, mucho antes de que se viera involucrada en aquel descabellado plan. Era turquesa, su color favorito. Hacía juego con sus ojos y resaltaba los reflejos castaños de su largo cabello rojizo. Su piel, aunque lejos de estar tan bronceada como la de Rio, lucía un bonito tono dorado. Había elegido aquel vestido porque le sentaba bien y había querido estar guapa. Aunque no para Rio, sino para los fotógrafos que pudieran fotografiarla en su paso por el aeropuerto de Roma o durante el viaje en ferry a Capri y los turistas que creyeran reconocer a Cressida Wyndham, por la que se estaba haciendo pasar, mientras iba de camino a su lujoso lugar de vacaciones en el Mediterráneo. Había mantenido la cabeza baja, como si realmente fuera la heredera tratando de evitar la atención de la gente, aunque sin dejar de reclamarla.

Se había puesto aquel vestido por todas aquellas razones. Suponía que, para Rio, habría estado mucho más segura con el hábito de una monja. Cualquier cosa que impidiera que él la mirara tan lenta y curiosamente.

Comprendía la especulación que notaba en sus ojos. Había conocido a suficientes hombres en sus veinticuatro años de vida para saber el interés que despertaba en ellos. Maldecida, en cierto modo, con la clase de figura que desearían la mayoría de las mujeres, Tilly despreciaba desde hacía tiempo su generoso busto, la estrecha cintura y el redondeado trasero. Había algo en su figura que parecía indicar a los hombres que ella quería desnudarse y meterse en la cama con ellos.

El barco volvió a menearse por efecto de las olas. Ella volvió a agarrarse al pasamanos. El piloto había acercado el barco todo lo que le era posible a la costa, pero, a pesar de todo, sería imposible desembarcar sin mojarse los pies. Tilly se quitó los zapatos y se los enganchó en un dedo, consciente de que Rio la estaba observando.

Comenzó a bajar por la escalerilla y, cuando estaba a punto de lograr desembarcar y pisar la arena, calculó mal. Una ola la golpeó y perdió pie y estuvo a punto de caer por completo al agua.

Por supuesto, Rio lo impidió. Sin soltar la bolsa de

viaje de Cressida, le rodeó la cintura con un brazo e impidió que se sumergiera por completo.

De cerca, era aún más guapo. Tenía pecas sobre la aristocrática nariz. Tilly notó que los ojos no eran solo grises, sino que tenían pinceladas negras y verdes también, formado una combinación de formas y colores que ella podría estar contemplando todo el día.

–Pensaba que podía sola...

Tilly no supo qué hacer. ¡Qué estúpida había sido! Cressida jamás se habría caído al bajar de una lancha fueraborda. No. Cressida habría aceptado la mano y le habría deslizado los dedos por la palma, animándolo a mirarla todo lo que quisiera. Invitándolo a hacer mucho más que eso.

Matilda Morgan, sin embargo, era una verdadera torpe. Jack, su hermano mellizo, se habría partido de risa al ver cómo se caía de una fueraborda, y ella con él. Tilly nunca perdía la oportunidad de divertirse con su propia falta de elegancia.

De hecho, no se esforzó en impedir que una sonrisa primero y después una tímida carcajada se le escaparan de los labios. Rápidamente, se cubrió la boca con la mano.

–Lo siento –dijo sonriendo a Rio mientras le rodeaba el cuello con una mano automáticamente–. Seguramente soy la persona más torpe que va a conocer en su vida.

La carcajada y el hecho de que ella admitiera su propia falta de coordinación lo pillaron desprevenido. Cuando Art Wyndham le dijo que le enviaría a su hija, Cressida, para que inspeccionara la isla, Rio había experimentado sentimientos encontrados.

Por un lado, sabía que la hermosa heredera era insulsa y poco interesante. Sospechaba que podría venderle la isla en un par de días como máximo. Por otro lado, por lo que había oído de ella, Cressida Wyndham era la clase de mujer a la que él solo había encontrado adecuada para una cosa. Belleza sin sustancia alguna, ella era la última persona con la que querría pasar el tiempo, a excepción, posiblemente, de en su cama.

Sin embargo, tenía que admitir que su risa era encantadora. Como la música y el sol.

Sin dejar de sonreír, ella se apartó de él.

—Estoy bien —le aseguró—. Solo un poco mojada.

Rio realizó un sonido de afirmación y la soltó.

—Puede secarse dentro.

Él le indicó la costa y, por primera vez, Tilly centró su atención en la isla. Tenía una vegetación frondosa y verde en su mayor parte, aunque hacia un lado había unos acantilados rojizos, por encima de ellos, la tierra adquiría un tono ocre para luego dejar paso a los árboles, que parecían ser cipreses, olivos y naranjos. En la costa, la arena era completamente blanca. Solo un edificio rompía la monotonía de la playa.

Parecía una especie de caseta para barcos de sencilla construcción. La fachada era completamente blanca y los marcos de las ventanas se habían pintado de azul, aunque eso debía de haber sido hacía mucho tiempo, dado que la pintura estaba bastante desconchada. En la parte delantera había un pequeño porche con dos sillones de mimbre y una mesita en medio, Junto a la puerta había una maceta con una planta que, evidentemente, había sido atormentada por el viento, pero que, a pesar de todo, parecía ejercer de centinela. A un lado había una moto y junto a ella, una lancha fueraborda sobre un transportador, aunque era más pequeña que la que habían utilizado para llegar hasta allí.

Estuvo a punto de preguntarle a Rio qué era aquel edificio, pero él ya le había tomado la delantera. Tilly no se apresuró en alcanzarlo, no porque Cressida no lo hubiera hecho, sino porque se sentía cautivada por la belleza de aquel lugar y quería saborearlo.

Se detuvo. Una ligera brisa la envolvió, pero era un día caluroso y le proporcionaba alivio a través de la ropa mojada. Miró hacia el cielo y se fijó en el color. Un maravilloso cielo azul.

–Qué bonito... –se dijo.

Sin embargo, Rio oyó las palabras y se dio la vuelta. Tenía el vestido completamente mojado. ¿Se había dado cuenta de que, para lo que le tapaba aquel vestido, habría dado igual que hubiera estado completamente desnuda? Llevaba el cabello recogido en lo alto de la cabeza, pero él estaba seguro de que prefería estar libre, caerle por la espalda como lo habría hecho en una pintura de Tiziano.

Se dio la vuelta y apretó la mandíbula.

Por supuesto que sabía lo atractiva que resultaba. Cressida Wyndham había hecho de la seducción un arte. En realidad, no sabía nada sobre ella, pero sí conocía que no se podía mencionar su nombre sin la implicación de que era una golfa mimada con muy poca moralidad.

Y, por algún motivo, eso le enfurecía profundamente en aquellos momentos.

Se detuvo en los escalones que conducían al porche.

–¿Qué es esto? –preguntó ella. Sus ojos verdes, de forma almendrada, recorrían ávidamente la silueta de la cabaña.

–Donde nos vamos a alojar.

«¿Donde nos vamos a alojar?». A Tilly se le aceleró el corazón. Seguramente, él había querido decir «Donde usted se va a alojar». Aunque él hablaba inglés fluidamente, tenía acento. Por ello, no era del todo extraño que él hubiera cometido un error. Era imposible que los dos fueran a alojarse allí.

Rio echó a andar y ella lo siguió.

—Se construyó hace unos cincuenta años —dijo mientras abría la puerta. En realidad, se trataba tan solo de una puerta de forja con una malla de metal. No había puerta en sí.

El calor del día no había conseguido traspasar las gruesas paredes. Allí se estaba muy fresco. Un recibidor, bastante amplio dado el tamaño del edificio, llegaba hasta el fondo de la casa. En la parte posterior, Tilly vio un sofá. Allí había más luz también.

—Su dormitorio —dijo él mientras pasaban por delante de una puerta. A ella le pareció ver tan solo una cama individual y una estantería. Entonces, él señaló otra puerta—. Mi dormitorio.

El corazón de Tilly se le aceleró en el pecho.

—El cuarto de baño.

Ella se asomó mientras pasaban por delante. Sencillo, pero limpio. Olía a él. Al notar el potente aroma masculino, sintió que se le hacía un nudo en el estómago.

—Y la cocina.

También era muy sencilla, pero resultaba encantadora. Tenía un grueso banco de madera, una ventana que daba a la playa, un pequeño frigorífico y el fogón. Además, había una mesa con cuatro sillas, y al otro lado, un sofá y un sillón. Otra ventana, más grande, proporcionaba una perspectiva diferente de la playa.

—¿Su... dormitorio está frente al mío? —susurró ella.

—Supongo que no habría pensado que íbamos a compartirlo —replicó él. Disfrutó al ver que ella se sonrojaba y que los pezones se le erguían visiblemente contra la tela húmeda del ceñido vestido.

—Por supuesto que no —le espetó Tilly, antes de recordar que era Cressida. Cressida nunca se habría ofendido por algo así. Habría ronroneado y le habría res-

pondido que no debía descartar nada–. Simplemente,
no me había dado cuenta de que nos íbamos a alojar en
la misma casa.

—Es la única casa que hay en la isla –replicó él sonriendo–. ¿Acaso no se lo dijo su padre?

Ella negó con la cabeza, pero empezó a cuestio-
narse... a sospechar. Poco después de que Cressida le
hubiera dicho que habría servicio en la casa, había aña-
dido que estaría completamente sola. Le había hecho
creer que le esperaba un glamuroso alojamiento en la
playa.

¿Habría sabido ella que Rio Mastrangelo dormiría
bajo el mismo techo que ella? ¿Acaso había preferido
ocultarle aquel detalle, sabiendo que Matilda se habría
negado a participar en aquella mentira sabiendo que
tendría que vivir junto a un hombre como él?

—Debió de habérmelo dicho –dijo encogiéndose de
hombros, como si no importara. Sin embargo, en realidad estaba furiosa.

Si no hubiera necesitado desesperadamente esas
treinta mil libras, le habría encantado mandar a paseo a
Cressida.

Sin embargo, no lo habría hecho. Por mucho que la
heredera la volviera loca, Tilly también sentía pena por
ella. Cuanto más trabajaba para Art y sentía el afecto
que él le profesaba a ella, más veía cómo despreciaba a
su propia hija y realizaba comentarios sobre su falta de
inteligencia, habilidades o empuje. Eso hacía que Tilly
se sintiera culpable y algo presionada.

Aquella había sido la primera vez que Cressida le
había pedido algo más fuera de lo habitual y, ciertamente, la primera vez que le había mentido. La había
empujado a pasar una semana entera junto a un atractivo desconocido.

—¿Y se le ha olvidado?

–Bueno, es que me dijo muchas cosas –contestó ella, tratando de desviar el tema. ¿Habría aún más sorpresas esperándola?

–¿Como cuáles?

–Como que no me cayera de los barcos –replicó ella con una sonrisa–. ¿Le importaría si me cambiara?

A Rio le habría gustado decir que sí le importaba. Le gustaba verla con aquel vestido. Ver el modo en que se le ceñía al cuerpo estaba despertando en él el deseo, un deseo que no satisfaría, por supuesto.

En realidad, no había sido el mismo desde que se enteró de la muerte de su padre. Su libido, a la que le gustaba dar rienda suelta a menudo, había sufrido en los últimos tiempos. Por ello, sentir que su cuerpo cobraba vida resultaba agradable. Gozaba con la sensación de anticipación, sabiendo que la espera merecería la pena.

Por supuesto, no cedería a la tentación con Cressida, eso sería una tontería. En cuanto se marchara, llamaría a Anita o a Sophie o a cualquiera de las otras mujeres que estarían encantadas de reunirse con él en la cama para redescubrir costumbres muy placenteras.

–Está en su casa –dijo él encogiéndose de hombros.

Ella asintió, aunque no lo miró a los ojos. Rio aún llevaba su bolsa de viaje y no hizo ademán alguno de entregársela. Tilly se acercó a él y, una vez más, pudo disfrutar de su masculina fragancia.

–Voy a necesitar ropa seca –dijo, con una sonrisa en los labios mientras indicaba la bolsa con la mirada.

Rio se la ofreció. Ella extendió la mano sin mirar y cerró los dedos por encima de los de él.

Fue como verse mordido por una serpiente.

Tilly apartó la mano inmediatamente y él hizo lo mismo, de manera que la bolsa cayó al suelo.

–Lo siento –dijo ella, como si hubiera sido culpa suya en vez de ser una reacción involuntaria a la descarga eléctrica que le había recorrido las yemas de los dedos y después el cuerpo entero.

—¿El qué? —murmuró él mientras se inclinaba de nuevo a por la bolsa de viaje.

—En realidad no lo sé.

La carcajada de Rio acarició los tensos nervios de Tilly. Fue un sonido profundo, gutural. Ella se imaginó que su voz sonaría así también cuando se viera empujado por otros sentimientos. Aquel pensamiento la sorprendió y sintió que los pezones se le erguían contra el sujetador.

Los ojos de Rio bajaron para observarlos y sus labios esbozaron una sonrisa de apreciación.

—Ve a cambiarte, Cressida —le dijo.

Tilly estuvo a punto de desafiarle, pero él siguió hablando.

—... antes de que sea demasiado tarde.

«¿Demasiado tarde?» Una oleada de excitación le recorrió el cuerpo y la hizo temblar. Le quitó la bolsa de las manos y se dio la vuelta para dirigirse hacia el dormitorio que él le había indicado que era el suyo.

¿Demasiado tarde para qué?

Trató de apartar el pensamiento de la lectura más evidente de aquella afirmación, que había una cierta inevitabilidad de la que ambos estaban huyendo. Era una interpretación estúpida, sin duda acicateada por la propensión que ella tenía a leer demasiadas novelas románticas.

Mantuvo la cabeza baja hasta que llegó a la puerta. Vio que su primera impresión había sido correcta. Había una cama pequeña, una estantería, un perchero cerca de la pequeña ventana, sobre la que había un macetero de geranios. También había un espejo. Al verse, gimió con desesperación. Su aspecto era... era casi como si estuviera desnuda. La tela del vestido se había vuelto verde oscura y se le ceñía al cuerpo, moldeando los pechos, el vientre y el trasero, marcando perfectamente la uve de su feminidad.

Le temblaban los dedos mientras se lo quitaba rápidamente. Verse en tanga y sujetador tampoco la ayudó. Se los quitó con gesto enfadado, hasta que se quedó desnuda.

Tenía el teléfono móvil en el bolsillo lateral de su bolso. Lo sacó. Cuando lo activó, lo primero que vio fue la fotografía en la que Jack y ella estaban sonriendo. Durante un instante, sintió un profundo alivio. Él estaría bien. Tilly se aseguraría de ello. Aquellos siete días eran un pequeño precio a pagar por su seguridad. ¿En qué diablos habría estado él pensando?

Trató de consultar sus correos. Apareció un mensaje de error. Frunció el ceño y se dio cuenta de que no tenía Internet. De hecho, no tenía cobertura en el teléfono.

Al comprender que estaba completamente sola y totalmente aislada con Rio Mastrangelo, sintió que un escalofrío le recorría la espalda.

¿Cómo había podido Cressida hacerle algo así? Cuanto más lo pensaba, más convencida estaba de que Cressida le había mentido. ¿Por qué? ¿Qué podría ser tan importante para que ella preparara aquel engaño? Evidentemente, no había querido correr el riesgo de que Tilly le dijera que no, algo que efectivamente hubiera ocurrido si ella hubiera sabido que iba a tener que alojarse en una especie de cabaña con un atractivo multimillonario. Maldita Cressida...

No le volvería a ocurrir. Cuando regresara a Londres, le diría a Cressida que su acuerdo había terminado.

Abrió la cremallera de la bolsa y sacó otro vestido. Aquel tenía un escote muy bajo y Tilly no quería ponerse nada que pudiera confirmarle a Rio la idea que se había hecho de ella.

Cressida Wyndham, con sus pechos operados y su actitud casual hacia la vida en general y hacia el sexo en particular, habría estado tratando de decidir cómo iba a seducir al implacable multimillonario. Sin embargo, Tilly no tenía interés alguno en él.

¿O sí?

Capítulo 2

¿TIENES hambre?

Él no levantó la mirada cuando Tilly entró. De hecho, ella ni siquiera se había dado cuenta de que él la había oído entrar.

—En realidad, no.

Tilly se detuvo en el umbral, estudiándole. Vio que él levantaba la cabeza y que la observaba, aunque su rostro no revelaba emoción alguna. A ella le habría encantado ponerse unos pantalones vaqueros y una camiseta, pero solo había metido vestidos de verano y bikinis en el equipaje. Había elegido el más conservador de todos, uno de lino azul marino que le llegaba hasta las rodillas.

—No me funciona el teléfono.

—No. No hay repetidor de la señal. Ni antena de ninguna clase.

—¿Y qué haces si hay alguna emergencia?

—¿Qué clase de emergencia? –preguntó él con curiosidad.

—Bueno, una emergencia de cualquier tipo. Una banda de piratas que desembarque en la playa, una bandada de furiosas gaviotas que nos ataquen desde la arena...

La sonrisa de Rio fue inesperada, al igual que su efecto. Tilly sintió un montón de mariposas en el estómago y se le puso la piel de gallina.

—¿Acaso crees que no podría defenderte contra una banda de piratas?

Ella arqueó una ceja.

—Creo que tienes un concepto algo exagerado de tus habilidades.

—Una teoría que estoy dispuesto a desacreditar en cualquier momento —prometió él.

Las mariposas empezaron a revolotear alocadamente haciendo que a Tilly le temblaran las rodillas.

—Hablo en serio —dijo ella con una cierta desaprobación—. ¿Y si hay un fuego o te rompes una pierna o algo así?

—Tengo un teléfono con navegación vía satélite.

—¿Y los correos electrónicos?

—Puedo conectarlo para que acceda a Internet. Va muy lento, pero hace sus funciones.

—¿Y la electricidad y el agua?

—Hay un generador y un depósito.

—Vaya... Quien construyera esta casa debía de querer estar aislado.

—No hay muchas opciones en una isla desierta —dijo él con un pragmatismo que la enojaba.

—No sé... A mí me parece más bien un refugio post apocalíptico.

O el perfecto nido de amor para un mentiroso. Rio pensó en la cantidad de mujeres que Pero habría llevado allí a lo largo de los años para susurrarles dulces palabras sobre Prim'amore, prometiéndoles un futuro que no tenía intención de cumplir.

—¿Tienes que utilizar el teléfono? —le preguntó él por fin.

Llamar a Cressida era imposible y, por supuesto, ella no haría nunca algo así. Cressida había dicho que iba a esconderse hasta la boda y que no quería que nadie la viera ni la escuchara durante una semana, y eso suponía apagar el teléfono móvil.

Por ello, Tilly sacudió la cabeza y sonrió.

–Había pensado en ir a dar una vuelta.

Rio se puso de pie y se revolvió el cabello. La camisa se le levantó ligeramente, dejando al descubierto una pequeña porción del liso abdomen.

–Sabes que solo tengo una semana y Art... mi padre... –se corrigió rápidamente–, quiere saber lo que me parece este lugar.

–Como desees.

Había hablado en voz baja y profunda, por lo que el cuerpo de Tilly reaccionó inmediatamente. Los pezones se le irguieron contra la tela del vestido y abrió los ojos. Rio se dio cuenta. Tilly comprendió que él sabía el efecto que ejercía sobre ella.

–Estoy bien –dijo–. Puedo ir sola.

–¿Igual que podías bajarte sola del barco? –preguntó él con una irónica sonrisa.

–Eso no es muy caballeroso por tu parte –protestó Tilly.

–¿Y qué fue lo que te dio la impresión de que yo era un caballero? –replicó él. Se acercó a ella lentamente, provocando que a Tilly le resultara difícil pensar.

–Nada –musitó ella–, pero te aseguro que puedo ir sola. Hoy solo voy a dar un paseo por la playa. Si me pierdo, regresaré. Hasta alguien como yo podría pasear por esta isla sin percance alguno.

–Sin embargo, estoy aquí para mostrártelo todo.

Ella asintió y levantó la mirada. Vio en los ojos de Rio un sentimiento que no fue capaz de interpretar.

–¿Por qué?

–Bueno, porque es una isla grande y podrías perderte.

–No. Me refería a por qué tú. Debes de tener empleados que podrían vender la isla en tu nombre.

–Así es –dijo él con un gesto triste en los labios.

–¿Entonces? ¿Acaso no tienes tú demasiadas ocupaciones como para ejercer de guía turístico?

Rio miró los papeles que cubrían el escritorio y sacudió la cabeza. Contratos para el edificio de Manhattan. El alquiler del centro comercial de Canadá. La oferta de compra que había hecho por una mina en Australia.

Podía esperar. Evitar que la prensa sensacionalista se entrometiera en su vida era su principal prioridad. Se había pasado los últimos cinco años asegurándose de que no se revelaba quién era su padre y no iba a permitir que la verdad se supiera en aquellos momentos. No implicar en la venta de la isla a más personas de las necesarias era el mejor modo de evitar la atención pública.

–Sí.

¿Por qué había decidido Rio que aquella estrategia era la mejor manera de distraerla y evitar que ella siguiera haciendo preguntas? No lo sabía, pero se acercó un poco más a ella y notó con interés cómo se le dilataban las pupilas.

–Pero no me apetece nada que te ahogues en mi mar o que te caigas de uno de mis acantilados en mis tierras.

–¿Tu mar? ¿Tus tierras? Me parece que alguien se cree Dios por aquí, ¿no te parece?

La risa de Rio fue profunda y pareció resonar a través de ella.

–Hasta que tu padre firme las escrituras, esa es la verdad en este asunto.

Tilly inclinó la cabeza hacia un lado, perdida en sus pensamientos.

–No sé si creer que alguien puede poseer de verdad una isla como esta.

–Pues yo tengo un trozo de papel que dice todo lo contrario.

Ella se revolvió el cabello con aire distraído.

–Sí, legalmente sí, pero ¿no te parece...?

Tilly dejó la frase inacabada, como si se hubiera

dado cuenta de lo que estaba a punto de decir. Hablar de sus filosofías personales no formaba parte de su trabajo y, esencialmente, estaba en Prim'amore para trabajar.

Se le había pagado una pequeña fortuna. Tenía que cumplir su parte del trato.

–¿El qué? –dijo él, para animarla a seguir, pero Tilly no estaba dispuesta a seguir por aquel camino.

–Bueno, si de verdad quieres perder el tiempo jugando a ser un agente inmobiliario, vamos.

Rio arqueó una ceja, pero, si le sorprendió aquel pronunciamiento, no lo demostró. Observó cómo Tilly se dirigía a la puerta de la cabaña caminando tal y como lo hubiera hecho Cressida. Ella abrió la puerta, pero, en el momento en el que salió al pequeño porche, se detuvo en seco. Una exclamación de sorpresa se le escapó de los labios.

Se detuvo tan repentinamente que Rio estuvo a punto de chocarse con ella.

–¿Algún problema?

Tilly negó con la cabeza. Tenía los ojos abiertos de par en par para poder admirar al máximo la belleza de aquel lugar. Rio la comprendía perfectamente. Él había experimentado una sensación de incredulidad muy parecida al llegar por primera vez a la isla.

«Es el Cielo en la Tierra... *mi amore*».

Al final de sus días, su madre se había mostrado muy confusa. Iba y venía entre el presente y el pasado y la mayoría de sus recuerdos tenían que ver con él. Con Piero. El canalla que le había roto el corazón y la había dejado embarazada y desvalida.

«Es como si Dios hubiera dejado un pequeño trozo del Cielo solo para que lo encontráramos y lo disfrutáramos nosotros».

Estudió el horizonte con expresión sombría, tra-

tando de verlo como lo veía Cressida. El mar era maravilloso, de un color turquesa profundo que solo turbaba
la espuma de las olas. El cielo era como un manto azul
y el sol un orbe que relucía en lo más alto del cielo.

–Me siento como si fuéramos los únicos en la Tierra
–dijo Tilly–. No había esperado que la isla fuera tan...

Rio esperó con curiosidad a ver cómo ella la descri-
bía.

–No solo es hermosa –añadió ella, tratando de encontrar las palabras–. Es... mágica.

–¿Mágica? –repitió él con sorna. No sabía que su
madre había pensado prácticamente lo mismo la primera vez que estuvo en la isla.

–Sí –afirmó ella con cierto cinismo–. Al menos eso
será lo que papá espere que piensen los turistas que
vengan aquí.

Él asintió. De repente, sin saber por qué, le pareció
que Cressida le estaba ocultando algo. Descartó rápidamente aquel pensamiento.

–La isla es perfecta para crear un complejo turístico.
Está lo suficientemente cerca de Capri como centro de
diversión y entretenimiento, pero, al mismo tiempo,
está totalmente aislada. Resulta fácil imaginar que un
hotel aquí resultaría muy especial.

Ella asintió, pero experimentó tristeza en su corazón. Llevaba menos de una hora en la isla, pero ya sabía que no le gustaría tener edificios y carreteras por
todas partes que atrajeran a turistas que turbaran la se-
renidad de aquel lugar.

–Sí...

–¿Qué te gustaría ver, Cressida?

–Yo solo quiero dar un paseo por la playa.

–Está bien, pues así será.

Rio dio un paso al frente y ella lo siguió, aunque su
presencia le provocaba un nudo en el estómago.

–De verdad que no tienes que acompañarme –dijo ella.

–Claro que tengo que acompañarte. Mientras estés en Prim'amore eres responsabilidad mía.

Tilly trató de tranquilizarse y de calmar la anticipación que le recorría la espalda.

–Prim'amore... Primer amor –comentó–. Es un nombre muy romántico. ¿Alguna idea de por qué?

–No –mintió él.

Secretos, secretos, tantos secretos... El propio Rio había sido un secreto durante gran parte de su vida. Su padre solo había levantado la prohibición sobre su identidad hacía pocos años y, para entonces, para Rio carecía ya de interés alguno.

–¿Por qué la vendes?

–No la quiero.

–¿No quieres una preciosa isla prácticamente virgen frente a las costas de Italia? –preguntó ella frunciendo el ceño.

–No.

Tilly soltó una carcajada. Él se volvió a mirarla, deseando que se hubiera reído aún más fuerte.

–¿Y por qué no?

–Yo ya tengo una isla. Mayor que esta –contestó Rio. Pensaba en Arketà, con su lujosa casa, embarcadero, helipuerto y tres piscinas–. Dos me parece excesivo.

–Y yo que pensaba que tú eras un hombre al que le gustaban los excesos –bromeó ella.

Habían llegado al borde del agua. Tilly se quitó los zapatos y se inclinó para recogerlos. Entonces, metió los pies en el agua y dejó que las olas le acariciaran los tobillos.

–¿Y por qué la compraste solo para venderla después? ¿O acaso fue una inversión?

Rio la miró durante un instante, preguntándose por qué su instinto lo empujaba a que hablara con ella, a confesarle que no había comprado la isla, sino que la había heredado. Que el mes que hacía desde que Prim'amore pasó a ser de su propiedad le había supuesto un enorme peso sobre los hombros. Que era un regalo que no deseaba y que, por ello, lo único que quería era venderla.

—No exactamente —dijo con una sonrisa—. No la necesito. Tu padre lleva años tratando de encontrar un lugar en el que construir un complejo turístico. La coincidencia es demasiado buena como para ignorarla.

Tilly asintió.

—¿Y dices que tu isla se llama Arketà?

—Sí. Significa «bonita» en griego. Heredé el nombre cuando la compré. Su anterior propietario la bautizó así por su hija.

—Entiendo.

—Eso y que soy un romántico empedernido —añadió él con cierto sarcasmo.

—No. Me apostaría la vida a que «romántico» no es una palabra que se suela asociar contigo.

—¿No? ¿Y cómo me describirías?

Ella se detuvo durante un instante y lo miró. Parecía tan concentrada que Rio estuvo a punto de soltar una carcajada.

—Creo que es mejor que no lo diga —respondió ella por fin mirando de nuevo al mar—. ¿Pasas mucho tiempo allí?

Rio tardó unos segundos en darse cuenta de que ella había vuelto a hablar de Arketà.

—No. Pensé que sería así cuando la compré.

—¿Pero?

Rio se encogió de hombros. Tilly trató de no fijarse en la fortaleza que emanaba de ellos, pero era humana.

—Trabajo.

–Claro. ¿Significa eso que estás en Roma la mayor parte del tiempo?

–Sí. ¿Y tú?

Tilly no comprendió a qué se refería.

–¿Yo qué?

Pensó en Cressida, que se parecía tanto a ella que, la primera vez que Tilly la vio, pensó que se estaba mirando en un espejo. Largo cabello rojizo, ojos verdes, la piel de un tono parecido, aunque la de Tilly se bronceaba con más facilidad... Las dos eran de mediana estatura y, aunque Tilly tenía más curvas, Cressida se había operado del pecho y de los glúteos hacía dos años, con lo que las figuras de ambas eran muy parecidas.

–Supongo que has convertido en un arte lo de vivir deprisa y libre.

Tilly frunció el ceño. Como siempre, sintió pena por la heredera. Era cierto que el estilo de vida de Cressida era un ejemplo moderno de desenfreno y libertinaje, pero, en cierto modo, Tilly la comprendía. Y había en ella mucho más que eso, pero no dejaba que nadie lo viera.

–En realidad, no. La prensa no siempre me trata con justicia.

–Bueno, la prensa puede inventar historias, pero las fotos no mienten.

El corazón de Tilly le golpeó con fuerza en el pecho. ¿Había visto fotos de ella? ¿Se había dado cuenta de la diferencia? Por mucho que se parecieran Cressida y ella, no eran la misma persona y resultaba fácil ver las diferencias cuando uno se fijaba.

No obstante, Tilly ya tenía una respuesta para eso. Ella no llevaba ni una gota de maquillaje y Cressida nunca aparecía en la prensa sin ir completamente maquillada. Era posible explicar las ligeras diferencias que había entre ellas gracias a ese detalle, al menos a un hombre.

–Yo creo que la gente mira las fotografías de los famosos y ve lo que está buscando –dijo ella–. Yo podría marcharme de un club a las tres de la mañana completamente sobria y abrazada a un hombre del que soy amiga desde hace años y, antes de que nadie se dé cuenta, estoy borracha perdida y embarazada de tres meses de él.

Hizo un gesto de desesperación. Aquello era cierto. Ella personalmente había llamado al abogado de Art para que presentara quejas y demandas de por qué cada vez que Cressida era fotografiada se le atribuía algo de lo que era perfectamente inocente.

–¿Ahora tengo que sentir pena de ti?

–No busco compasión –repuso ella mientras levantaba el rostro para mirarlo.

–Ya lo veo. Entonces, ¿no eres una chica salvaje, irresponsable y amante de las fiestas? –preguntó él con incredulidad.

Tilly negó con la cabeza y pensó en Cressida. Era todo lo que Rio estaba diciendo de ella, pero Tilly no podía aguantar que él la mirara y viera a Cressida.

–No soy solo una amante de las fiestas –observó ella–. Sinceramente, estoy mucho más cómoda en un lugar como este, lejos de las cámaras y la prensa. En un lugar en el que pueda ser yo misma y leer.

«¿Leer?» No era precisamente el pasatiempo favorito de Cressida, pero no importaba. Rio nunca iba a descubrir algo así, ¿no?

–¿Te resulta difícil estar a solas cuando estás en Londres?

–Sí –dijo ella, pero prefirió cambiar de tema–. ¿Cuándo compraste esta isla?

Rio miró hacia el mar como si estuviera persiguiendo algo invisible en el horizonte.

–Hace poco.

–¿Ahora la vendes?

–Ya hemos hablado de eso.

–Es que no tiene sentido.

–Al contrario. Claro que lo tiene. Yo tengo una isla que ni quiero ni necesito. Tu padre quiere desesperadamente una isla de este tamaño y está dispuesto a pagar el precio que yo he estipulado. Si no vuelves y le dices que el volcán está a punto de entrar en erupción, dentro de unas semanas ya no seré el dueño de Prim'amore.

Tilly presentía que había algo más, algo que él no le decía. Necesitaba mucha paciencia para conseguir que aquellos detalles ocultos salieran a la superficie.

–¿Un volcán? No hablas en serio, ¿verdad?

–Claro que sí. Está apagado ahora. Es tan solo una reliquia del pasado. Ya no tiene lava en su interior.

–¿Y cómo puedes estar tan seguro?

–Porque me lo ha dicho un grupo de geólogos –comentó él riéndose mientras se detenía y se giraba para mirarla–. ¿Te gustaría verlo?

Tilly no supo qué contestar. Mirar el cráter de un volcán sería lo más peligroso que había hecho en toda su vida. Bueno, casi lo más peligroso. Cuanto más tiempo pasaba con Rio, más se daba cuenta de que había dado un paso a lo desconocido accediendo a hacerse pasar por Cressida.

–Sí, claro.

–Iremos mañana

Rio asintió con la clase de seguridad en sí mismo que seguramente había nacido de su éxito en las salas de juntas. Ella le miró y parpadeó mientras se preguntaba si en alguna ocasión alguien le habría dicho que no.

–No con frecuencia.

Ella frunció el ceño, completamente confusa.

—No me suelen decir que no.

—¡Oh!

Evidentemente, ella había puesto voz a sus pensamientos... y sin que se diera cuenta. Sintió que se le ruborizaban las mejillas y comenzó a andar de nuevo por la playa, disfrutando del contacto del agua contra las pantorrillas.

—Supongo que a ti también te ha pasado siempre lo mismo.

Tilly pensó en su familia. En sus padres, que se habían pasado la vida trabajando, unos padres que la adoraban y que habrían encontrado el modo de bajarle la luna si ella se lo hubiera pedido.

—¿Por qué dices eso?

—Porque he conocido antes a mujeres como tú —contestó él encogiéndose de hombros.

—¿Y qué se supone que significa eso?

Rio sonrió con cierto desprecio, pero a ella le dio un vuelco el corazón como si acabara de ofrecerle un ramo de flores. Se sintió frustrada por el flechazo de adolescente que parecía estar empezando a sentir.

—Que creciste con más dinero del que la mayor parte de la gente ve en una vida entera. En mi experiencia, las mujeres como tú suelen ser...

—¿Sí? —le animó ella a seguir. Se estaba empezando a sentir ofendida, a pesar de que las afirmaciones que él hacía tenían que ver con la persona por la que se estaba haciendo pasar, y no con ella misma.

¿Qué había querido él decir? ¿Acaso importaba que todas las mujeres ricas con las que él se hubiera acostado en el pasado fueran aburridas y egoístas? Además, ¿por qué estaban hablando de eso?

Él frunció aún más el ceño. Se suponía que debía estar enseñándole la isla, nada más. Era algo que ni siquiera se habría dignado a hacer en circunstancias normales. Dios sabía que tenía cosas más importantes en las que centrarse. Sin embargo, no podía permitir que la prensa se enterara de sus vínculos con Prim'amore. Rio se encargaría en solitario de todo lo referente a la venta de la isla.

Sin embargo, aquello era algo que debería haberle llevado tan solo unos días, no una semana, pero Art había insistido mucho. Cressida quería pasar una semana allí para conocer realmente la isla y Art había expresado su alivio por el hecho de que su hija mostrara un buen olfato empresarial.

No obstante, no era necesario que se pasara todo el tiempo dando paseos por la playa con la hermosa heredera y, mucho menos, compartiendo con ella sus sentimientos más íntimos.

–No importa –dijo él, cortando así la conversación–. Esta playa se extiende otros tres kilómetros antes de que termine en una pequeña cala. Entonces, hay que subir a un acantilado. Sugiero que dejemos esto para otro día.

Rio se estaba mostrando deliberadamente desagradable. No, «desagradable» no era la palabra, más bien obstaculizaba amablemente cualquier conversación que ella intentara iniciar. Así se había comportado mientras paseaban por la playa. Como si hubiera apagado un interruptor y ella ya no le interesara en lo más mínimo. Le dio detalles de la isla y le sugirió los lugares más adecuados para un hotel, pero le dejó muy claro que tan solo se sentía obligado a proporcionarle información para la venta de la isla y nada más.

¿Por qué aquel detalle le molestaba tanto?

Había ido a la isla esperando encontrarse con un aburrido agente inmobiliario. Se había llevado libros y trajes de baño, anticipando una deliciosa semana en solitario, relajándose y tomando el sol.

Sin embargo, en aquellos momentos tenía los nervios de punta.

Pasó una página de su libro, aunque no tenía ni idea de lo que había leído, y brevemente levantó los ojos para observar a Rio. Él se había sentado frente a la pequeña mesa que había en el salón. Tenía su ordenador portátil y papeles por todas partes.

Inesperadamente, Rio levantó la mirada en dirección de Tilly. Ella bajó los ojos y trató de que pareciera que seguía concentrada en su libro, pero los de Rio parecían abrasarle la piel.

Él se puso de pie de repente. Tilly se negó a levantar la cabeza y escuchó cómo él se dirigía hacia la cocina y abría y cerraba el frigorífico.

Tilly pasó la página, de nuevo sin saber lo que acababa de leer.

Oyó el chisporroteo de la mantequilla en una sartén y, entonces, sí se atrevió a mirarlo. El corazón se le detuvo durante un instante. Rio Mastrangelo era un hombre muy guapo, pero, con las mangas remangadas hasta los codos y picando tomate, se podría decir que era el hombre más sensual sobre la faz de la Tierra.

–¿Qué estás haciendo?

–Echando un anzuelo –replicó él con un cierto sarcasmo que suavizó con una sonrisa.

Rio tenía un hoyuelo en una mejilla. Tilly volvió a concentrarse en su libro.

–Supongo que comes comida normal –quiso saber él, con un desafío en la voz que ella no alcanzó a comprender.

–Depende de lo que tú llames «normal» –repuso ella. Dejó el libro y lo colocó encima del sofá.

Se puso de pie y se dirigió a la cocina llena de curiosidad. Vio que él empezaba a picar también un poco de laurel y que se dirigía de nuevo al frigorífico para sacar una fuente con pescado. Colocó los filetes en la sartén uno a uno y los regó con el zumo de un limón que había cortado antes. Luego, puso sal.

–Huele delicioso –afirmó Tilly–. ¿Te gusta cocinar?

–Me gusta comer, así que...

–Suponía que tendrías tu propio chef, más bien, tu propio equipo de chefs.

–No.

–¿No? ¿Por qué no?

–Porque, *principessa,* no todo el mundo creció en la burbuja en la que creciste tú, en la que no hay necesidades. Yo aprendí a cocinar casi al mismo tiempo que aprendí a andar. Solo porque me pueda permitir tener chefs, no significa que los necesite.

La hostilidad de aquella afirmación le dolió a Tilly más de lo que debería. Rio la estaba juzgando. No, en realidad, estaba juzgando a Cressida y no le gustaba. En absoluto.

Le escocía la garganta. Se dio cuenta de que aquella dura respuesta la había empujado hasta el borde de las lágrimas. Respiró profundamente y apartó la mirada.

Rio lanzó un suspiro enojado y se ocupó del pescado. Le dio la vuelta hábilmente.

–Lo siento –dijo después de un instante–. Ha sido una grosería por mi parte.

Si la amargura con la que él la había juzgado la había sorprendido, más lo hizo aquella disculpa. Ella levantó los ojos lentamente hacia él.

–Crees que estoy muy mimada.

Rio sonrió brevemente. Entonces, sacó dos platos y sirvió la ensalada de tomate en el centro de cada uno de ellos. A continuación, añadió los filetes de pescado y medio limón. Era una presentación muy sencilla, pero olía deliciosamente. De repente, Tilly sintió mucha hambre.

–Según tengo entendido, bebes champán.

Tilly frunció el ceño y estuvo a punto de decir que en realidad ella no bebía mucho. Entonces, recordó que Cressida prácticamente lo llevaba en vena. Le parecía perfectamente aceptable empezar el día con una copa de champán. A pesar de que era capaz de tomarse una botella en un abrir y cerrar de ojos, nunca parecía afectada. Cressida tenía una gran tolerancia al alcohol, al contrario que Tilly.

A pesar de todo, asintió. Sabía que resultaría raro que ella rechazara algo tan intrínseco de la personalidad de la heredera.

Rio abrió el frigorífico y sacó una botella.

–Esta cabaña no está exactamente muy bien diseñada –dijo él. Entonces, sacó una única copa y la llenó de champán. Le entregó la copa a Tilly y luego recogió los platos y los cubiertos.

–¿Tú no vas a tomar champán?

–No.

Rio echó a andar por el pasillo y empujó la puerta que conducía al balcón. La abrió con el hombro y la sujetó para que ella pudiera pasar. Eso sorprendió a Tilly. Había pensado que cenarían en una mesa en el interior.

Entonces, lanzó un sonido de asombro.

El cielo parecía estar ardiendo. El rojo, el naranja, el rosa y el morado parecían explotar en todas direcciones, creando una cálida sensación en el cielo y otorgando al mar una vibrante tonalidad morada.

–¡Vaya!

Rio dejó los platos sobre la pequeña mesa.

«¿Te acuerdas de cuando nadábamos al atardecer y el cielo era naranja y tú me decías que yo era una sirena que había salido del mar?».

La voz de su madre era entonces ya muy frágil y quebrada. Las últimas sesiones de su tratamiento contra el cáncer la habían dejado desorientada y confusa.

«Prim'amore, mi amor. Mi primer amor. Para siempre».

Cuando la muerte empezó a acecharla, su madre solo había pensado en él, en Piero, un hombre que ni siquiera se dignó a acudir a su entierro ni dio el pésame por su muerte.

Rio apretó los labios. Se había quedado sin apetito.

No se podía decir lo mismo de Tilly.

Ella estaba sentada frente a él y atacaba el pescado con impresionante gusto. Se detenía ocasionalmente para admirar la vista, pero después, seguía comiendo con avidez.

Su boca era muy hermosa. De labios gruesos y rosados que, sin que pudiera evitarlo, Rio se imaginó trazando con la lengua.

Su cuerpo despertó ante tal pensamiento. Cuanto antes se marchara de aquella maldita isla, mejor. Cualquier mujer sería una amante más adecuada y menos complicada que Cressida Wyndham.

—No has respondido a mi pregunta.

Rio se reclinó en la silla y la observó abiertamente.

—Sí, creo que eres muy mimada, pero no es culpa tuya.

—Ah, vaya... Muchas gracias —replicó ella. Tomó la copa y dio un sorbo. Entonces, puso un gesto raro al notar que el agua que quería saborear era champán. Se lo bebió de todas maneras.

La carcajada de Rio le aceleró el pulso.

—Solo quería decir que cualquiera que hubiera sido criado como tú lo fuiste estaría mimado. Se te consintieron todos los caprichos desde el primer día de tu vida. Fuiste adorada, cuidada. Me imagino que todos tus sueños se hicieron realidad.

Tilly no supo de dónde surgió la necesidad de defender a Cressida, pero así fue. Su propia infancia había sido idílica. Tilly también había sido mimada, aunque no con posesiones materiales, dado que el dinero siempre había ido justo en el hogar de los Morgan, sino con tiempo y amor.

—Tal vez eso sea cierto, pero en la vida hay mucho más que posesiones físicas y mejores maneras de mostrar afecto que dando regalos.

—¿Estamos hablando de una pobre niña rica? —preguntó. Cuando ella mantuvo el rostro apartado y la barbilla erguida en un gesto desafiante, Rio sintió que la adrenalina se apoderaba de él—. ¿Acaso he herido tus sentimientos, *principessa*?

Tilly tomó el champán y mantuvo la copa en alto unos instantes antes de mirar en dirección a él.

—No, no has herido mis sentimientos —dijo. Habló con una tranquilidad que él no se había esperado—. Haces que tenga curiosidad sobre los tuyos. Ni siquiera hace un día que me conoces y, sin embargo, hablas de mí con desaprobación y desprecio. Es imposible que eso se base en quién soy, dado que apenas me conoces. Debe de ser por lo que tú eres y por tus propias circunstancias. Tienes esa opinión tan negativa de mí porque vengo de una familia adinerada.

Ella le había sorprendido y eso no le había gustado en absoluto. Su intuición había sido bastante acertada. Él la había juzgado por lo que suponía que ella era y eso no era justo. Jamás habría llegado tan lejos en el mundo de los negocios si se hubiera dejado llevar por esa opinión.

Hizo girar el whisky en el vaso y observó el cielo, que estaba ya completamente oscuro.

¿Estaría dormida? Había terminado de cenar muy repentinamente después de su incisivo comentario y se había retirado a recoger los platos a la cocina mientras él ponderaba sobre el misterio de Cressida Wyndham.

Cuando Art le dijo que su hija iba a ir a inspeccionar la isla, Rio se había dejado llevar por sus prejuicios. Conocía lo suficiente de Cressida como para saber lo que esperar. Sin embargo, desde que ella llegó a la isla, había desafiado todos y cada uno de los prejuicios que tenía sobre ella. Se cayó al agua y se rio. Aceptó el humilde alojamiento sin quejarse. Se había puesto a leer un libro y le había dado las gracias por cocinar para ella. Incluso había fregado los platos.

Nada de aquello encajaba con el comportamiento que había supuesto que tenía alguien como Cressida.

Ella tenía razón. No le gustaba. No le gustaban las mujeres como ella.

¿Cómo podría alguien como Rio, que se había criado en la más absoluta pobreza, sentir algo que no fuera resentimiento por el estilo de vida del que las mujeres como Cressida disfrutaban?

Pensó distraídamente en Marina, la heredera de la que creía haber estado enamorado hacía muchos años. Ella también era hermosa y le había parecido interesante y auténtica. Sin embargo, le había enseñado una importante lección: nunca debía confiar en una hermosa mujer que solo pensara en sí misma.

Se inclinó sobre la silla y observó cómo la luna se reflejaba sobre el mar. Su madre había tratado de darle todo lo que necesitaba. Si no hubiera caído enferma, las vidas de ambos habrían sido sin duda mucho más cómodas. La expresión de su rostro cambió al recordar la sensación de hambre y preocupación. Incluso de niño había tenido que ir al colegio con uniformes que eran demasiado pequeños, pantalones que no eran de su talla y zapatos de segunda mano.

Mientras tanto, su acaudalado padre se había negado a intervenir y, años después, le había dejado todo aquello. El último insulto. La isla que le recordaba cómo Piero les había fallado siempre a Rio y a Rosa.

Capítulo 3

TILLY no podía soportar aquella agonía. Cada bache era una tortura.

La moto era buena, aunque algo vieja, y Rio la conducía con habilidad. Sin embargo, no era una carretera, sino más bien un camino por donde avanzaban y ella tenía que abrazarse con fuerza a Rio y apretar las piernas contra las de él. Sentía los latidos del corazón de Rio bajo las manos, olía su embriagadora masculinidad y tenía un nudo en el estómago.

Cada bache de la carretera acercaba más su feminidad a él y la hacía botar en el asiento. Necesidades que había suprimido hacía mucho tiempo pasaban a ser su único pensamiento. El calor que se estaba apoderando de ella no tenía nada que ver con el sol de la mañana.

A Tilly nunca le habían gustado mucho los coches ni las motos. Y le gustaban los hombres buenos y amables, de cabello rubio, dientes blancos y ojos azules. Hombres que llamaban «señora» a su madre y a los que les gustaba ver el fútbol con su padre y Jack.

Hombres agradables.

Rio Mastrangelo no era así, pero el cuerpo de Tilly estaba experimentando un deseo que ella no había sentido jamás.

Trató de distraerse con el paisaje mientras iban subiendo por el sendero, pero solo podía imaginarse haciendo el amor con Rio en aquella misma motocicleta.

Sentada a horcajadas encima de él, poseyéndole contra el asiento de cuero.

Se avergonzaba de sí misma.

Se había despertado ya en un estado de confusión y excitación porque se había pasado la noche soñando con él. Sueños que habían sensibilizado su cuerpo, una sensibilidad a la que no beneficiaban en modo alguno los constantes baches de la carretera ni el hecho de sentir cómo los poderosos muslos de él se movían dentro de los suyos. El amplio tórax ni la fuerte espalda.

Estaba metida en un buen lío.

Tal vez Cressida no tuviera ningún problema en acostarse con desconocidos, pero Tilly no era tan lanzada. No era que fuera una mojigata, pero jamás había deseado a un hombre lo suficiente como para ignorar el sentido común. Ella buscaba el cuento de hadas. Quería conocer a un hombre que le robara el corazón y le ofreciera amor y un final feliz.

Rio no sería nunca ese hombre... pero sí un amante sensacional.

Deseó bajar las manos un poco más. Encontrar los faldones de la camisa y levantársela para poder sentir su piel desnuda.

Aquello era una pesadilla.

No podía hacer algo así. En primer lugar, se defraudaría a sí misma. Aquello no podía llevar a ninguna parte. Ella le estaba mintiendo, fingiendo ser alguien que no era. Un secreto que debía guardar.

No solo era el dinero que Cressida le había dado, aunque sí en gran parte. Cressida se lo había suplicado y, como muchas otras veces, había sentido lástima por la glamurosa heredera.

«Tengo una boda a la que asistir. Mis padres jamás me lo permitirían. Es muy importante, Tilly. Si no, jamás te lo hubiera pedido».

Matilda sospechaba que, efectivamente, a Art y a Gloria no les habría gustado que Cressida fuera a aquella boda, pero eso jamás se lo habría impedido a la rica heredera. Dado que llevaba cuatro años trabajando para Art, Tilly había visto suficientes enfrentamientos entre padre e hija para saber que era mejor evitarlos. Art no gozaba de muy buena salud y, cada vez que discutía con Cressida, Tilly se temía lo peor.

Por eso, había ahorrado muchos problemas a todo el mundo acudiendo a Prim'amore en lugar de Cressida. Después de todo, solo era una semana. Cressida asistiría a la boda, Tilly estaría en la isla y luego las dos regresarían a sus vidas de siempre sin que nadie supiera lo que habían hecho.

Ignoró la sensación de intranquilidad que aquello le producía y la conclusión inevitable de que, después de aquella semana, ya no volvería a ver a Rio Mastrangelo.

Él tomó una curva y se inclinó hacia un lado. Tilly hizo lo mismo, agarrándose con fuerza a él cuando pareció que la moto estaba a punto de caer hacia un lado. Rio se irguió, pero ella siguió aferrada a él con fuerza. Por fin, Rio detuvo la moto dándole una fuerte patada al pedal de apoyo para que bajara.

—Aquí termina el sendero.

Tilly se dio cuenta de que seguía aferrada a su cintura cuando ya no había razón para ello. Apartó rápidamente las manos y se bajó precipitadamente de la moto. Al hacerlo, se arañó la pantorrilla. Rio no tuvo la misma dificultad. Lo hizo como si llevara toda su vida montando en motos.

—Se te da bien —dijo ella.

Rio se quitó el casco y lo colocó sobre el asiento. Entonces, se dispuso a desabrochar el de ella.

—No es nada del otro mundo.

—Sin embargo...

Tilly contuvo el aliento cuando sintió los dedos de Rio bajo la barbilla. Él agarró el broche y lo apretó. El casco se soltó, por lo que Tilly levantó las manos para quitárselo al mismo tiempo que lo hizo él. Los dedos de ambos se enredaron, pero él no los apartó y tampoco ella. Rio la miraba fijamente y Tilly sintió que se le hacía un nudo en el estómago.

Se aclaró la garganta. Entonces, apartó las manos y sonrió tímidamente. «Justo lo que Cressida habría hecho», pensó con ironía.

Rio no pareció darse cuenta. Dejó el casco sobre el asiento y se giró de nuevo hacia ella.

Cuando le colocó la mano en el cabello, fue como si los sueños se hicieran realidad. Tilly lo observaba, como hipnotizada, mientras él estudiaba los rojizos mechones y deslizaba los dedos entre ellos frunciendo ligeramente el ceño. Tilly sintió que se le hacía un nudo en la garganta y la ansiedad empezó a apoderarse de ella.

¿Se había dado cuenta de que no era Cressida?

—¿Te lo tiñes?

—No.

—Eso me había parecido –dijo él. Frunció aún más el ceño–. Es como cobre y oro.

—Sí... –murmuró ella. Dio un paso atrás y estuvo a punto de tropezarse con una piedra. Por suerte, Rio la sujetó para luego dejar caer de nuevo la mano.

—Cuando era niña no me gustaba nada. Todos se metían conmigo sin piedad.

—Me resulta difícil creerlo.

—Sí, bueno... Eso lo dices tú, que seguramente siempre tuviste el aspecto de un mini dios griego.

Las palabras se le escaparon de entre los labios antes de que pudiera contenerse.

—Soy italiano. Y no tengo nada en miniatura.

—Ya sabes a lo que me refiero –murmuró ella, sonrojándose. Era como si acabara de confesarle que no podía dejar de pensar en lo guapísimo que era.

Rio asintió. Aparentemente se había apiadado de ella porque no comentó nada más al respecto.

—Yo jamás me hubiera metido contigo por tu cabello. Ni por nada.

El corazón de Tilly latía a toda velocidad.

—¿Es esto el volcán?

—Sí —dijo él mirando hacia el pico—. El sendero se termina aquí.

—¿Ahora tenemos que ir andando?

—Sí —contestó él. Levantó el asiento de la moto y sacó una mochila negra, que se colgó del hombro—. Vamos.

Tilly llevaba chanclas y vestidos en su equipaje, ropa que no era muy adecuada para escalar un volcán. Sin embargo, no estaba dispuesta a quejarse.

—El volcán sería una excelente atracción turística. Sé que el anterior dueño de la isla tenía planes para construir un funicular que llegara hasta lo más alto.

—Esa es una idea estupenda —dijo ella.

La ascensión era empinada y Tilly se estaba quedando sin aliento a pesar de que se encontraba bastante en forma.

—Si quieres descansar, dilo —murmuró él.

«De ninguna manera», pensó ella mientras lo miraba de reojo.

—Estoy...

—Bien —completó él—. Es lo que sueles decir antes de caerte, así que tal vez deberíamos parar un poco.

—Eso ocurrió solo una vez —protestó ella con una carcajada mientras extendía una mano y le golpeaba a él juguetonamente en el brazo.

Rio sonrió también, pero él no lo hizo jugando. La tensión entre ambos era eléctrica.

Tilly tragó saliva y trató de llevar la conversación a algo menos incendiario. A algo seguro.

—¿Estaba considerando el anterior dueño preparar la isla para los turistas?

—Sí.

—Me pregunto por qué no lo hizo.

—Murió. Inesperadamente.

—¡Vaya, qué pena! Es horrible.

Rio se detuvo y se giró para mirarla.

—Mira, Cressida —dijo. Señaló hacia las espaldas de ella.

Tilly se dio la vuelta y una enorme sonrisa se dibujó en su rostro.

—¡Estoy en lo más alto del mundo! —exclamó.

El mar se extendía como un inmenso manto azul a sus pies, pero desde aquella altura se distinguían los barcos en la distancia e incluso otra isla plagada de casas.

—Es Capri —explicó él—. Solo está a veinte minutos de aquí en barco.

—Está muy cerca. Y yo pensaba que estábamos solos en medio del mar...

Tilly sonrió, pero el modo en el que él la miraba le quitó el aliento. No había duda de que la tensión que había entre ambos provenía de ambos lados. Él también sentía algo.

Ella volvió a mirar al mar. La cabeza le daba vueltas y se le aceleraba la sangre.

—Anoche me equivoqué y tú estuviste en lo cierto al indicármelo.

Aquella afirmación pilló a Tilly desprevenida. Ella lo miró y luego apartó de nuevo los ojos. Era como mirar al sol.

—¿Qué problema tienes tú con el dinero? Tienes una fortuna. Entonces, ¿por qué te muestras tan contraria a personas... como yo? —le preguntó, recordando a tiempo quién se suponía que era ella.

—Ya te lo dije. He conocido a muchas mujeres como tú.

Pensó de nuevo en Marina. En realidad, las dos mujeres no se parecían en nada, aparte de en su belleza y en la riqueza que les había rodeado desde siempre.

–Y, sin embargo, no se parecían en nada a ti. Mujeres que provienen del mismo ambiente. Esperaba que fuerais igual y, sin embargo...

–¿Sí? –preguntó ella, suplicándole para que continuara.

–Eres única –dijo él sonriendo.

–Gracias.

Tilly se puso de espaldas a la vista. Ya estaban muy cerca de lo alto.

–¿Tú no vienes de una familia con dinero?

La expresión de Rio se ensombreció y ella comprendió que estaba pensando si debía contestar o no a la pregunta.

–No –respondió él después de un instante mientras daba un paso hacia el cráter del volcán.

Ella lo siguió.

–¿Tus padres no...?

Tilly sentía mucha curiosidad. Habría información en Internet, pero eso no sería posible hasta una semana después. Su teléfono no tenía cobertura en la isla.

–Mi padre no formaba parte de nuestras vidas –dijo él con voz entrecortada, como si le costara hablar–. Mi madre tenía que trabajar mucho para conseguir llegar a fin de mes, pero cayó enferma y no pudo mantener sus trabajos.

–Lo siento. ¿Ya está bien?

–Murió hace mucho tiempo.

–Rio...

Ella extendió la mano y se la colocó en el brazo, obligándole a que se detuviera. Rio era mucho más alto que ella y en la cuesta la diferencia era mucho más pronunciada. Lo miró fijamente.

–¿Cuántos años tenías?

–Diecisiete.

–¿Y qué ocurrió? –susurró ella con mucha tristeza.

–Mi madre murió de cáncer –dijo él, después de darse la vuelta y seguir ascendiendo.

–¿Y qué hiciste tú?

Rio soltó una carcajada llena de amargura y tristeza.

–¿Que qué hice, *cara*? Pues terminar mis estudios y ponerme a trabajar.

–¿Y tu padre no pudo...?

–Ya te he dicho que no formaba parte de nuestras vidas.

Rio se detuvo en seco y se dio la vuelta. Entonces, sin previo aviso, le rodeó a Tilly la cintura con un brazo. El gesto era íntimo y le encendió la piel.

–Mira...

Rio le señaló algo delante y, con curiosidad, Tilly se acercó a ver.

–No te caigas –le dijo él desde atrás.

La caída desde lo alto del volcán era de varios cientos de metros y había muchas piedras. Lo miró por encima del hombro y se tropezó, resbalándose por el pedregoso camino y deslizándose peligrosamente hacia delante.

Rio soltó una maldición y la agarró rápidamente, tirando de ella y sujetándola contra su torso. A Tilly se le aceleró la respiración y el corazón comenzó a latirle con fuerza, aunque no sabía si era por el susto o por la proximidad de Rio.

–Eres increíblemente torpe –le espetó él, pero sin dejar de mirarle los labios. Le había colocado las manos firmemente contra la espalda, pero, poco a poco, comenzaron a deslizársele ligeramente, acariciándola a través de la fina tela del vestido.

El cuerpo de él era firme y duro. Olía a sudor y a

hombre. El pulso le latía con fiereza entre las piernas y su sueño estaba empezando a representársele delante de los ojos. Quería que él la besara. No. Quería besarlo a él.

Cressida lo habría hecho. Lo habría rodeado con sus brazos y le habría hecho bajar la cabeza para dejarle muy claro lo que quería.

Sin embargo, aunque hubieran podido ser gemelas, Tilly no se parecía en nada a Cressida.

–Me he resbalado –dijo–. No creo que me hubiera matado.

–Dios mío... –susurró él. Le acariciaba el rostro con los ojos, exactamente donde ella quería que él la tocara, que la besara–. Eso es exactamente lo que te habría pasado si te hubieras resbalado un poco más hacia delante.

–Pero no fue así –murmuró ella–. Rio...

Le miró los labios y sacó la lengua, humedeciéndose sus propios labios. Lo miraba fijamente. Necesitaba que él la besara.

El torso de Rio se movía con agitación, pero no perdió la compostura.

–Me parece que a partir de ahora voy a tener que convertirme en tu sombra, para conseguir apartarte del peligro.

–A mí me parece que aquí también hay peligro.

Rio parpadeó. Ella tenía razón. Estaba a punto de besarla, de arrancarle el vestido y de tumbarla sobre el suelo. A ella, Cressida Wyndham, una mujer a la que apenas conocía, una mujer que estaba en la isla como invitada suya.

Dejó caer los brazos y dio un paso atrás.

–¿Puedo confiar en que mires sin que te caigas?

Rio había vuelto a la normalidad como si nada. Como si no hubiera estado a punto de besarla. A Tilly le costó más volver a la normalidad. Asintió, pero vio que mientras ella se acercaba al borde de la montaña,

Rio permanecía cerca de ella, lo suficiente para poder agarrarla si volvía a resbalarse.

La tentación de fingir otra caída era fuerte, pero no cedió.

—Nunca antes había visto algo así —dijo.

Parecía como si alguien hubiera excavado la tierra, la hubiera vaciado, para crear en el fondo del valle una laguna tan azul que Tilly deseó poder nadar en ella.

—No tenía ni idea de esto. ¿Es esto lo que les ocurre a los volcanes cuando se apagan?

—Creo que cada uno es diferente.

—¿Se puede bajar hasta allí?

—No. Tú no. Eso sería un desastre.

—Te aseguro que no soy tan torpe —comentó ella con cierta impaciencia—. ¿Tienes una cuerda o algo así?

Al darse cuenta de que ella hablaba en serio, Rio la miró con una sonrisa.

—*Dio, cara*, vas a provocarme un ataque al corazón. ¿De verdad me estás sugiriendo que bajemos al centro del volcán?

—Mira esa agua... Es divina...

—Es cierto, pero la hay en otro lado mejor.

—¿Sí? ¿Dónde?

—Vamos. Te lo mostraré —dijo él. Abrió la mochila y sacó una botella de agua—. ¿Tienes sed?

Tilly negó con la cabeza. Tal vez la hubiera tenido antes, pero sus otras necesidades habían engullido a todo lo demás.

—¿Hambre?

Volvió a negar con la cabeza, pero su estómago la contradijo.

—Bueno, eso sí.

Rio sonrió. Una sonrisa preciosa. Tilly estaba perdida.

Él metió la mano en la mochila y sacó una manzana.

–¿En serio?

–¿Qué tiene de malo una manzana? –preguntó él.

–Es la fruta prohibida –musitó ella.

Rio sonrió.

–¿Quieres un bocado?

Él se la ofreció y Tilly la observó durante un instante antes de negar con la cabeza.

–Como quieras –replicó Rio encogiéndose de hombros antes de devorar la manzana de un par de bocados–. Vamos.

Otros veinte minutos en la moto no consiguieron apaciguar los nervios de Tilly, Cuando él se detuvo en lo que parecía ser el centro de un espeso pinar, Tilly estaba a punto de estallar. Rio se quitó el casco y se puso de pie, pero antes de que pudiera ayudarla a ella, Tilly se lo quitó ella misma precipitadamente y lo colocó junto al de él sobre la moto.

Rio se echó a reír y a Tilly le dio la impresión de que se estaba riendo de ella.

–Bueno –dijo ella con impaciencia–, ¿qué es lo que me vas a enseñar?

–Querías ver agua espectacular...

Tilly se bajó de la moto también, deseando haber metido en el equipaje unos pantalones cortos. No se podía bajar con dignidad de la moto. Lo hizo como pudo y notó que Rio le estaba observando las piernas.

El deseo se prendió de nuevo dentro de ella.

–¿Por dónde?

Rio le indicó ligeramente a la izquierda, pero entonces, él la miró a los ojos y Tilly lo sintió.

Era inevitable.

Los dos estaban tratando de resistirse, pero era lo mismo que tratar de impedir el atardecer. Lo que había entre los dos, fuera lo que fuera, estaba a punto de ocurrir.

Capítulo 4

Y BIEN? –LE preguntó él. No estaba mirando al agua, sino a la hermosa heredera.

Sus ojos, tan verdes que podían competir con el mar, relucían. Las pestañas le acariciaban las mejillas mientras parpadeaba rápidamente, observando los árboles que llegaban hasta el borde mismo del acantilado blanco, que delineaba el agua de color turquesa.

–Sí...

Tilly asintió y se asomó, siguiendo el agua hasta el punto donde la isla parecía abrirse para admitir en su interior al mar.

–Es perfecto –añadió. Su voz estaba teñida de una profunda emoción.

–¿Estás disgustada? –le preguntó él con curiosidad.

–No... estoy abrumada –susurró ella con una sonrisa–. Esto es de una belleza imposible.

La vida de Rio había sido una persecución constante de la belleza para protegerla. Nunca antes había conocido a otra persona que sintiera aquello tanto como él.

–Seguramente te parezco una tonta.

–En absoluto. Bueno, ¿qué me dices?

–¿Qué te digo sobre qué? –le preguntó ella mientras se colocaba las manos en las caderas.

–¿Quieres venir a nadar conmigo?

Ella miró el agua. Resultaba muy tentadora. Hacía calor y, el fuego que ardía entre ellos, hacía que la temperatura de su cuerpo fuera bastante más alta de lo habitual. Nadar en aquellas aguas cristalinas sería maravilloso.

—¿Qué pasa? —le preguntó él en tono jocoso—. ¿No quieres que te vea el traje de baño?

—Te diré que llevo puesto un bikini —respondió ella. El pulso se le había acelerado en las venas.

—¿Entonces?

Rio sonrió y antes de que ella pudiera reaccionar, se desabrochó la camisa y se la quitó. Tilly tuvo un segundo para observar los perfectos abdominales, el bronceado torso y el vello que le discurría por el vientre para perderse por debajo de la cinturilla del pantalón.

Rio dejó caer la camisa al suelo y comenzó a desabrocharse los vaqueros. Ella cerró los ojos a pesar de que el deseo se había apoderado de su cuerpo.

—Me confundes —susurró él.

Tilly parpadeó y suspiró aliviada al ver que él no estaba completamente desnudo. Unos boxers oscuros le cubrían su masculinidad, aunque quedaba gran parte de él al descubierto. Piernas fuertes y musculadas, bronceadas y cubiertas de vello. Unas piernas que ella se imaginaba entrelazándose con las suyas.

Diablos... Tenía un verdadero problema.

—¿Sí?

—Sí. ¿Por qué te muestras tan tímida ahora?

—No soy tímida.

—Eso había pensado yo. Después de todo, te fotografiaron bañándote desnuda con otras trescientas personas en Alemania a principios de año.

Ella lo miró fijamente sin saber qué decir. Sintió la tentación de aclarar que los fotógrafos tan solo habían deducido que Cressida estaba desnuda, aunque en realidad no lo estaba. A pesar de todo, la noticia había aparecido en todos los medios de comunicación porque, ese mismo día, Art Wyndham se reunía con el Presidente de los Estados Unidos.

–Aquí no hay fotógrafos. Solo estamos tú y yo. Te prometo que nos quedaremos con algo de ropa puesta.

Ella lo miró. Lentamente, se bajó el vestido. Rio parecía pendiente del proceso y Tilly hasta habría jurado que él estaba conteniendo el aliento.

El bikini que ella había elegido no era excesivamente atrevido, pero ante él, los delicados trozos de tela blanca parecían minúsculos.

–Vaya... –musitó él tomándose su tiempo en recorrerle todo el cuerpo de arriba abajo.

–¿Ocurre algo? –le espetó ella. Tuvo que contenerse para no cubrirse el pecho con los brazos.

–No –replicó él con una sonrisa, antes de empezar de nuevo a observarle el cuerpo–. Estoy abrumado...

Tilly abrió la boca para decir algo, pero, cuando Rio la imitó, se echó a reír y se abalanzó sobre él para golpearle en el pecho.

–Te haré pagar por eso.

–¿Sí? –preguntó él mientras le agarraba las muñecas y se las sujetaba a un lado–. ¿Y cómo sugieres que lo vas a hacer?

Tilly se mordió el labio inferior sin saber qué decir.

Cuando Rio se inclinó y la tomó en brazos, acurrucándola contra su pecho, ella dejó escapar un pequeño suspiro.

Todo ocurrió muy rápido.

Tilly estaba pensando en lo agradable que era estar entre sus brazos cuando él saltó del acantilado. Los dos comenzaron a volar por el aire. Lo último que Tilly escuchó antes de que cayeran al agua fueron las carcajadas de Rio.

Después de romper la superficie del agua, se sumergieron en ella y él la soltó por fin para que Tilly pudiera volver sola a la superficie. Con el rostro cubierto por el cabello, ella comenzó a dar vueltas a su alrededor para tratar de ver dónde estaba él.

–Tú... tú... –le dijo cuando Rio salió por fin del agua con una enorme sonrisa en el rostro–. ¿Cómo te has atrevido?

Él inclinó la cabeza a un lado. Tenía los ojos oscurecidos y Tilly no sabía por qué.

–Tenemos un problema, *cara*.

–¿Sí? ¿De qué se trata?

Rio sonrió y sacó una mano del agua. Tenía algo blanco entre los dedos. Tilly tardó varios segundos en darse cuenta de que era la parte superior de su bikini.

Lanzó un grito y se hundió en el agua todo lo que pudo, nadando hacia atrás al ver que Rio se acercaba a ella.

–Dámelo –le exigió con indignación.

–Eso es lo que intento.

Rio estaba justo frente a ella. Tilly se dio la vuelta para tratar de impedir que él la viera desnuda.

–Toma...

Tilly agarró el bikini y trató de ponérselo en el agua, una tarea que no resultaba fácil dado que al mismo tiempo tenía que nadar para mantenerse a flote.

–¿Quieres que te ayude?

–No. Estoy bien.

La carcajada de Rio provocó un cambio de humor en ella. Tilly sonrió también.

–No te rías de mí –dijo tratando de sonar enfadada, cuando en realidad se sentía confusa por la felicidad que experimentaba.

–En ese caso, no me hagas reír. Deja que te ayude.

Rio nadó hasta ella y agarró el broche del bikini. Hubiera podido alargar aquel contacto todo lo que hubiera querido. No fue así. Le ajustó el broche de la espalda y del cuello con rapidez. Tilly hubiera querido que se entretuviera un poco más.

–No me había imaginado que lo de saltar al agua supondría que tú terminarías casi desnuda.

–Bueno, no ha pasado nada...

Tilly se preguntó por centésima vez cómo habría reaccionado Cressida en su lugar.

–Esta cala es increíble –añadió para cambiar de tema.

–Es muy diferente. Hay calas por todas partes, aunque yo solo he nadado en un par de ellas.

–¿De verdad? Me encantaría verlas.

–Hoy no.

–¿No? ¿Por qué?

–Esta tarde tengo que revisar algunos contratos. Mi secretaria está esperando que me ponga en contacto con ella al respecto.

Tilly parpadeó. Efectivamente, él tenía asuntos de los que ocuparse, pero la desilusión se apoderó de ella.

–Vuelve a la casa. Estoy segura de que encontraré el camino de vuelta.

–No. Hay más de ocho kilómetros. Ya volveremos a ver el resto de las calas en otro momento.

«En otro momento». Era el segundo día de su estancia allí. Aún quedaban muchos días más. Sin embargo, la idea de perder una tarde porque él tuviera que trabajar la entristecía mucho.

–Está bien –dijo. Se sumergió en el agua y comenzó a nadar lejos de él. Cuando volvió a salir a la superficie, vio que él estaba donde le había dejado–. ¿Para qué son esos contratos?

Rio comenzó a nadar en dirección a ella con facilidad, con el estilo de alguien que nada con frecuencia. Se detuvo a poca distancia de ella. Las gotas de agua le caían por el rostro.

–Un rascacielos que voy a comprar en Manhattan.

–¿De verdad? –preguntó ella con una sonrisa.

Rio le salpicó con un poco de agua.

–¿Y por qué no?

–Bueno, ya tienes dos islas. Un rascacielos en Manhattan me parece algo excesivo.

Rio arqueó una ceja y, bajo el agua, comenzó a agitar las manos muy peligrosamente cerca de los costados de Tilly. Ella sintió temblar el agua, pero no se apartó. En lo más profundo de su ser, sabía que deseaba que él la tocara.

Era algo ilícito. Prohibido. Inevitable. ¿Acaso no se había dado cuenta ya?

–Tengo ya otro, también en Manhattan. Y en Hong Kong y Dubái. Y un centro comercial en Canadá. ¿Te parece lo suficientemente excesivo?

–Ahora estás tratando de impresionarme.

–Bueno, a mí me parecería que esos bienes serían poca cosa para impresionar a alguien como tú.

Ella contuvo el aliento. Si Rio supiera que sus padres vivían en una pequeña casa semiadosada en Harlesden...

–Lo que me impresiona es que lo hayas hecho todo tú solo –afirmó ella de corazón–. Dijiste que tu madre lo pasó muy mal y que murió cuando tú todavía eras un adolescente. Sin embargo, para cuando tenías veinte años ya eras un empresario a tener en cuenta.

–¿Me has estado investigando? –le preguntó él, tras observarla atentamente durante un largo instante.

–No. En absoluto –dijo ella mientras se inclinaba hacia él con expresión conspiratoria en el rostro–. No me gusta tener que ser yo la que te lo diga, pero...

–Pero ¿qué?

–Eres bastante famoso.

La carcajada que él soltó resonó por toda la cala.

–¿De verdad?

–Bueno, conocidillo... –replicó ella sonriendo también.

Art había hablado de Rio en varias ocasiones. Ella se había limitado a escuchar y a aprender, aunque nunca se había imaginado que se encontraría cara a cara con él.

–¿Qué edificio es el de Nueva York?

–Es una obra de arte de principios del siglo XX. Art Decó, con decoración original en casi todas las plantas. Está casi en Harlem y, durante mucho tiempo, nadie le prestó atención, pero ahora la zona se ha empezado a regenerar. Yo quiero que no lo derriben para construir otro monolito de acero.

Tilly asintió.

–Sueles hacer eso, ¿no? Comprar edificios antiguos.

Una vez más, ella pensó en el pub que él había salvado.

–Es un buen negocio –replicó él encogiéndose de hombros–. Yo veo el valor de lo que otras personas desprecian. Me ha ido bien.

–Yo creo que es más que eso –afirmó Tilly.

–¿Sí? –preguntó él riéndose–. ¿Por qué?

–Compraste un pub en Londres. Es muy bonito, pero estaba viejo y ruinoso y tú lo salvaste. Creo que compras esos edificios porque quieres salvarlos.

–Eso es un efecto secundario de mi negocio.

–¿Por qué no quieres admitirlo?

Rio se echó a reír.

–No tengo nada que admitir. El primer edificio que compré fue uno que no quería nadie. Era muy barato, pero no pude salvarlo.

–¿Y qué hiciste con él?

–Vaya.... Pensaba que lo sabías todo sobre mí –comentó él riéndose.

—¿Qué hiciste? —repitió ella. Sentía demasiada curiosidad como para intercambiar bromas con él.

Rio sonrió.

—Hice que lo demolieran, pero salvé todo lo que pude. Mi primer negocio fue una empresa de corretaje de partes de edificios históricos. Ladrillos, azulejos, mármol, espejos, lámparas... incluso las moquetas.

—¿Cómo se te ocurrió que algo así podría ser rentable, que la gente estaría interesada en comprar esas cosas?

—Hay valor en la belleza. Siempre.

Tilly se mordió el labio inferior y centró su atención en el acantilado. Las palabras de Rio le habían acelerado los latidos del corazón, pero no habían sido solo sus palabras. Era la isla. El susurro de los árboles. La calidez del sol y la salinidad del agua.

—¿Y qué hay allí ahora?

—Un rascacielos de acero.

—Ah...

Tilly vio que Rio la estaba mirando muy fijamente. Sintió que el corazón se le detenía durante un instante.

—El edificio de Harlem no es solo una colección de ladrillos. Marca una etapa de la historia de la ciudad cuando el hombre estaba empezando a aprender cómo construir grandes edificios. Es un testamento del pasado. De la fuerza y de la resistencia. Habla de historia y esperanza. Si demolemos todos estos edificios antiguos, no quedará nada que muestre lo que fuimos.

A Tilly se le aceleró el pulso. Las palabras de Rio inyectaban pasión en su sangre. Su cadencia era como una llamada a las armas que ella estaba encantada de escuchar.

—Estoy completamente de acuerdo. Londres es una ciudad que no para nunca de cambiar. Muchos de los edificios de donde yo vivo han sido demolidos para dejar paso a los nuevos desarrollos y, cada vez que paso por delante de ellos, me siento triste al ver lo que estamos perdiendo. Las casas que sobrevivieron a las guerras ya no tienen valor.

Rio levantó los dedos del agua y ella lo observó hipnotizada. Tenía los dedos muy hermosos. Manos bonitas, fuertes y bronceadas. Parpadeó y apartó la mirada para no cometer la estupidez de extender la mano y atrapar aquellos dedos con los suyos.

—¿Dónde quería construir el anterior dueño el hotel? —preguntó para llevar la conversación a un tema más seguro.

—No lejos de la cabaña. Es un lugar ideal.

—Creo que resultaría difícil encontrar en esta isla un lugar que no lo fuera.

—Puede ser.

Rio se rascó el hombro. Ella tragó saliva y apartó la mirada. Sin embargo, los árboles parecían susurrar por encima de ellos.

«Inevitable».

«No te resistas».

«Va a ocurrir».

Ella se acercó a las rocas para buscar refugio. ¿Y qué demonios sabían los árboles?

Rio la siguió, pero manteniendo las distancias.

—Me gustaría conocer tu opinión al respecto. Has pasado más tiempo en la isla que yo. Incluso en una semana, sé que no terminaré de conocer bien este lugar.

—Hay planos que puedes mirar. Planos que el anterior dueño encargó hace muchos años para el hotel —sugirió él, casi sin darse cuenta de lo que estaba diciendo.

Se percató demasiado tarde. Ya no había manera de retirar las palabras. Rio no solía cometer errores, nunca, pero ofrecerle los dibujos secretos de su madre era como darle la llave de sus más íntimos secretos.

–Eso sería magnífico –afirmó ella–. Quiero reunir tanta información como pueda para Ar... para mi padre.

Bien.

¿Estaba Rio enfadado? Tilly lo observó. Él tenía el rostro apartado y las mejillas sonrojadas. Tilly quería extender la mano y trazarle la mandíbula con el dedo, acariciar los hoyuelos que tenía en la mejilla y en la barbilla. Quería sentir cómo la barba le acariciaba la mejilla cuando acercara el rostro al de él.

Deseaba tantas cosas...

–¿Lista para regresar?

Ella asintió.

–Lista.

Sí. Estaba lista para todo lo que pudiera ocurrir.

Soñó con Jack aquella noche. Jack, pálido y tembloroso, llorando. Jack, temeroso. Jack, en peligro.

Lo vio claramente, como si, en vez de soñarlo, él hubiera estado allí. Como lo había estado seis semanas antes, cuando apareció en su puerta y se lo contó todo.

«Hice una mala apuesta, Tilly. Una apuesta muy mala. No me di cuenta en su momento, pero el tipo... el corredor de apuestas...».

Ella había esperado, impaciente y también enojada de que él hubiera tenido la cara de presentarse en su puerta a las tres de la mañana cuando ella tenía una reunión de trabajo muy importante al día siguiente.

«Se llama Anton Meravic. No sabía que estaba enganchado, Tilly, te lo juro.

–¿Enganchado? –le había preguntado ella, sin saber qué quería decir.

«¡Con la mafia! ¡Con la mafia rusa! Está con Walter Karkov y le debo veinticinco mil libras. ¡Van a matarme!».

Soñó con Jack, pálido y tembloroso. Soñó con Jack, su hermano mellizo. Su hermano. Su otra mitad. Y se despertó sobresaltada.

El corazón le latía a toda velocidad. La sangre le corría por el cuerpo y sentía el cerebro atenazado por el miedo y por la adrenalina. Afortunadamente, el sonido de las olas le hizo recordar dónde estaba.

Jack estaba a salvo. Había hecho lo que tenía que hacer para pagar su deuda. Gracias a Cressida y al dinero que iba a ganar aquella semana, había podido solucionar el problema de su hermano.

Nada importaba más que mantener a Jack a salvo. «Nada». Ni siquiera la extraña sensación de que Rio estaba empezando a adueñarse de su corazón y a apretárselo con fuerza.

Capítulo 5

A LA MAÑANA siguiente, Tilly se levantó temprano y seguía muy cansada. Le escocían los ojos y tenía la mente agotada.

«Jack».

Su suspiro perforó el silencio, atravesándole el estómago de preocupación y dudas.

Era fácil preocuparse con algunas personas, porque solían tener problemas comprensibles y que se podían solucionar fácilmente. Con Jack, era como una nube de incertidumbre todo el tiempo. Había sido así desde que eran pequeños. No era un niño malo, pero sí muy vulnerable. Había tomado malas decisiones y había hecho malos amigos.

En aquellos momentos, a la edad de veinticuatro años, seguía siendo así.

Sacudió la cabeza y miró hacia el mar. Estaba amaneciendo. Aquella imagen parecía indicar que Jack estaría bien. Ella se aseguraría de ello. Tras haber pagado sus deudas, quería creer que Jack estaría fuera de peligro para siempre. Sin embargo, eso no se podía garantizar.

Sin dejar de mirar la vista, se preguntó qué hora sería.

Se acercó a la ventana y la abrió con mucho cuidado. No quería despertar a Rio. La fresca brisa de la mañana le rozó las mejillas, besándoselas para darle los buenos días. Ella respiró profundamente y sonrió a pesar de sus pesadillas.

Era muy temprano y la casa estaba en silencio. Salió descalza al pasillo. Vio que la puerta principal estaba abierta. Salió al exterior y echó a andar, alejándose de la casa. El viento era muy fuerte.

La isla era maravillosa. Desgraciadamente, no permanecería intacta durante mucho más tiempo. ¿Seguiría siendo tan mágica cuando estuviera llena de turistas? ¿Cuando un funicular condujera a los visitantes a lo alto del volcán para que pudieran descubrir sus secretos?

Frunció el ceño. ¿Cómo era posible que a Rio le importara tan poco lo que le ocurriera a ese lugar? ¿Por qué la había comprado para luego deshacerse de ella tan rápidamente? Él se ganaba la vida conservando edificios hermosos que estaban en peligro de desaparecer. ¿Acaso no sentía lo mismo por la naturaleza?

¿De verdad era posible que no le importara lo que le ocurriera a Prim'amore?

Dejó de andar y se puso a mirar el mar mientras la brisa le alborotaba el cabello. Quería respuestas, no porque fueran a cambiar nada, sino porque necesitaba saber. La curiosidad reinaba dentro de ella y suplicaba que la satisficieran.

Su cabello parecía una llama. Se movía con el viento, creando un contraste con su pálida piel. Rio la observaba, completamente asombrado. El sol de la mañana la bañaba con su delicada luz y le daba un aspecto suave y dulce.

«Dulce».

Jamás hubiera creído que fuera a aplicar esa palabra a Cressida Wyndham.

De repente, ella se dio la vuelta y empezó a avanzar hacia la cabaña. Rio se apartó enseguida de la ventana. Aquel impulso la hizo echarse a reír.

Rio Mastrangelo no se escondía de nadie.

Salió del dormitorio y se dirigió a la cocina. Metió una cápsula en la cafetera y observó cómo el oscuro líquido caía en la taza. Necesitaba un poco de cafeína para poder saborear otra cosa que no fuera el deseo en su boca.

Ella era hermosa. Maravillosa. Sexy. Eso lo había esperado. Sin embargo, sabiendo cómo era su estilo de vida, había pensado que sus encantos tendrían poco atractivo para él.

Esa creencia se había visto contraatacada por una erección a la que llevaba enfrentándose desde que nadaron juntos el día anterior. Desde que la ayudó a colocarse la parte superior del bikini. Su piel era tan suave... Había deseado rodearle el cuerpo y tomarle los pechos entre las manos, acariciarle los pezones y estrecharla entre sus brazos así, de espaldas, para poder besarle el cuello a placer.

Había pasado demasiado tiempo desde la última vez que estuvo con una mujer. Eso era todo. Para un hombre acostumbrado a satisfacer su libido cuando quería, un hombre que tenía a las mujeres esperando para acostarse con él cuando quisiera, un mes de abstinencia era una hazaña espectacular. Estar cerca de una mujer como Cressida, con un cuerpo por el que los hombres serían capaces de ir a la guerra, era como rociar de gasolina una habitación y dejar las cerillas junto a la puerta.

Tenía que deshacerse de las cerillas.

—¡Ah! Ya te has levantado.

Tilly entró en la cocina con una sonrisa, oliendo a mar y a sol y con el aspecto de una hermosa ninfa marina que acabara de salir de las profundidades del mar.

Rio agarró su café y empezó a tomárselo sin apartar la mirada del rostro de ella.

–Son casi las nueve.

–Es cierto –replicó ella con las mejillas ruboriza-
das–. He estado explorando.

–¿Sí? ¿Y qué has encontrado?

–La isla más hermosa que pudiera imaginar –anunció ella con una enorme sonrisa.

La gasolina se iba acercando a las cerillas.

–No me puedo creer lo bonito que es todo esto –añadió Tilly mientras observaba el café que Rio se estaba
tomando–. ¿Te importa si me preparo uno?

–Por supuesto que no.

–¿Te apetece a ti otro?

–No, gracias.

Tilly hizo funcionar la cafetera y esperó a que se le
llenara la taza con el café que había seleccionado.

–¿Tienes esos planos? Me encantaría ver lo que se le
ocurrió al arquitecto.

–Están por aquí.

–¿Me estás dando una pista? ¿Acaso los tengo que
encontrar, como si estuviera en una aventura de *Los
famosos cinco*? –le preguntó. Rio la miró sin comprender y ella hizo un gesto de incredulidad–. Por favor,
dime que los has leído.

–¿Leer qué?

–¡Los libros! ¡Las historias de Enid Blyton!

–No.

–¿Pero qué clase de infancia tuviste tú? –le preguntó riéndose. Entonces, recordó la confesión que él
le había hecho–. No quería decir... lo que quería decir... vaya...

–¿Acaso crees que has herido mis sentimientos?

Tilly no supo qué contestar y se volvió para esperar
que se terminara de preparar su café. ¿Cómo había podido pensar que ella había podido herir a un hombre
como Rio Mastrangelo, famoso por su frío y cruel tem-

peramento? Con esfuerzo, se guardó en su interior el entusiasmo que había estado sintiendo y se puso una máscara de arrogancia, tal y como había visto que Cressida hacía en cientos de ocasiones.

—He dicho en serio lo de esos planos —declaró, ya con el café entre las manos.

Rio la miró fijamente durante el tiempo suficiente para que el aire comenzara a restallar entre ellos. El tiempo pareció detenerse, pero los sentimientos de ella no. Eran como una fiebre en la sangre. Incertidumbre, lujuria, confusión y peligro.

Se mordió el labio inferior. El corazón comenzó a latirle con fuerza cuando él empezó a trazarle el contorno de los labios con la mirada.

—Voy a ir luego a Capri. ¿Te gustaría venir a verla?

—¿Capri? —murmuró Tilly tragando saliva. Casi le resultaba imposible pensar.

Rio se acercó a ella como si fuera un poderoso depredador acechando a su presa. Colocó su taza junto a la cafetera y su cuerpo a pocos centímetros del de ella. Estaba tan cerca que Tilly podía sentir su calor. Un temblor le recorrió la espalda.

—Estoy seguro de que no es como los garitos a los que tú sueles ir. Solo hay unas cuantas discotecas. Nada de boutiques de alta costura que yo sepa...

Tilly se sonrojó. Rio estaba decidido a pensar siempre lo peor de Cressida. No debería molestarle que así fuera, pero ¿por qué se empeñaba tanto en defenderla?

—No, gracias.

Rio pareció sorprendido, como si hubiera estado esperando que ella se alegrara por la oportunidad de poder salir de la isla. Jamás se le hubiera ocurrido pensar que Tilly preferiría quedarse donde estaba.

—Preferiría que vinieras.

—Pues, por mucho que esté aquí para halagarte, quiero

quedarme en la isla. Y mirar esos planos –replicó ella en un tono ciertamente beligerante–. Que te diviertas.

–¿No te parece que deberías venir a conocer Capri? Su proximidad a Prim'amore es un punto de interés. Me imagino que tu padre querrá oír qué opinión tienes de ella y sobre la travesía.

Tilly lo miró fijamente. Tenía razón.

–Vamos –insistió él–. Será un viaje rápido y, después, te encontraré los planos.

–¿Me estás sobornando?

Rio sonrió.

–Sí.

–¿Por qué quieres que vaya contigo? –le preguntó ella.

Se produjo un tenso silencio entre ambos. Rio tardó algunos instantes en responder.

–Es una buena pregunta. No estoy seguro de tener una respuesta.

Tilly sintió que le daba un vuelco el corazón. La agonía y el placer batallaban en su interior.

–Está bien –dijo por fin–. Solo necesitaré unos minutos para prepararme.

–Tómate tu tiempo. Yo me voy a tomar otro café.

Tilly no necesitó mucho tiempo para arreglarse. Al contrario que Cressida, Tilly generalmente se ponía lo que tuviera a mano y se peinaba ligeramente. Se dio una ducha y, antes de salir del cuarto de baño, se envolvió bien en una toalla y salió con cuidado para asegurarse de que él no estaba cerca. Estaba a punto de entrar en su dormitorio cuando él salió del suyo y los dos se chocaron sin querer.

–¡Ay! –exclamó ella, olvidándose por un instante de que, bajo la toalla, estaba completamente desnuda–. ¡Ten cuidado por dónde vas!

Rio se limitó a observarla. Observaba el rostro de

Tilly, por lo que vio cómo las pupilas de ella se dilataban, cómo entreabría los labios y revelaba una inquieta lengua que, nerviosamente, comenzó a trazar el labio inferior.

Le colocó las manos en los hombros con expresión sombría. El aliento de Tilly se aceleró. Lo miró fijamente y, poco a poco, fueron desapareciendo todos los pensamientos de su cabeza a excepción del deseo.

Lentamente, él comenzó a acariciarle la húmeda piel. Ella suspiró y, despacio, cerró los ojos.

Sin maquillaje, con la piel reluciente por la ducha, el cabello recogido en lo alto de la cabeza y cubierta a duras penas por una minúscula toalla, ella era la mujer más deseable que Rio había visto nunca.

Él le acarició los brazos, pero quería más. Le colocó las manos en la espalda y la acercó hacia él. Era suave y pequeña y sus curvas encajaban perfectamente en las de él. Parecía que los dos habían sido diseñados el uno para el otro.

Ella tenía las pestañas oscuras, que parecían acariciar como abanicos sus mejillas. El pequeño suspiro que ella dejó escapar le aceleró el pulso a Rio. ¿Suspiraría o gemiría de ese modo cuando hicieran el amor? ¿Separaría los labios y dejaría escapar aquellos dulces sonidos?

Su deseo fue como un tsunami, imposible de detener. Ella era la costa, el ancla y a él le resultaba imposible contener a la marea. Sin embargo, no le importaba. ¿Qué poder se podía ejercer cuando el premio era Cressida Wyndham?

Rio levantó la mano para colocársela a ella sobre la mejilla y le acarició los labios con el pulgar. Ella abrió los ojos y le dedicó una mirada que mostraba el mismo deseo que él estaba sintiendo.

—No deberíamos hacer esto —dijo ella tranquilamente, aunque al mismo tiempo lo animaba silenciosamente con el movimiento de sus labios.

Rio le hundió las manos en el cabello y se lo soltó, haciendo que se deslizara entre sus dedos.

—No deberíamos —repuso él.

—Yo no... me acuesto con los hombres —susurró Tilly mientras cerraba los ojos al hacer la confesión.

Y, efectivamente, una confesión era. En ella, había culpabilidad y vergüenza, como si ella lo hubiera estado manteniendo en secreto. Sus palabras lo confundieron, porque se habría apostado cualquier cosa a que Cressida se acostaba con cualquiera que le resultara atractivo.

La curiosidad se apoderó de él.

—¿Y los besas?

Ella sonrió, pero antes de que pudiera responder, él la besó. Fue un beso empujado por una pasión que se escapó a su control. Tenía su propia fuerza, enorme e incontenible. La lengua de Rio se introdujo con fiereza en la boca de Tilly y ella se rindió gustosamente. Se fundió con el cuerpo de Rio y permitió que el suyo propio se incendiara.

Le revolvió el cabello con las manos. El cuerpo de Rio pesaba mucho y la empujó con facilidad contra la pared. La presión la mantuvo de pie mientras él la inmovilizaba con sus fuertes piernas. Su boca le hacía olvidar cualquier cosa menos lo que estaba ocurriendo entre ellos.

El mundo pareció detenerse. Las manos de Rio bajaron. Hasta que no se juntaron con las de ella, Tilly no se dio cuenta de que ella había estado a punto de quitarse la toalla. Quería bajársela, quedarse desnuda para él. Sin embargo, las manos de Rio se lo impidieron y él interrumpió el beso lo suficiente para mirarla.

—No —dijo con expresión seria, tanto que Tilly comenzó a pensar si se habría confundido al creer que Rio estaba interesado en ella.

La duda y la preocupación reemplazaron al deseo.

—Yo pensaba que...

—Tú no te acuestas con hombres, ¿recuerdas?

Tilly no tardó en comprender a qué se refería él.

—Ah, sí... —murmuró deseando poder tragarse aquellas palabras.

—Si te quitas esta toalla, no creo que ninguno de los dos podamos evitar que ocurra lo que estaba a punto de ocurrir.

Ella asintió, pero le estaba costando aceptar aquella explicación. Tilly no quería parar. Quería dejarse llevar.

—Soy humano, *cara* —añadió—, y me he dado cuenta de que ya no puedo sacarte de mi pensamiento.

Tilly respiró profundamente.

—¿De verdad?

—De verdad —afirmó él, con una sonrisa.

—Pensaba que yo era la única que estaba tratando de contenerse.

Rio negó con la cabeza y volvió a inmovilizarla con su cuerpo para que ella no tuviera ninguna duda de cómo se sentía.

—Llevo así desde que estuvimos nadando ayer.

—Oh... —susurró ella sonrojándose.

—Eso digo yo —repuso él, sin dejar de sonreír—. Te aseguro que no se me sorprende con frecuencia, pero tú me sorprendes siempre y eso me gusta.

Aquellas palabras no consiguieron aclarar sus sentimientos, pero Tilly asintió.

—Yo... supongo que, en ese caso, iré a vestirme.

Si Tilly había creído que tenía los nervios en tensión antes, en aquellos momentos los tenía a punto de estallar.

Una accidentada travesía hasta la isla de Capri no había
ayudado en absoluto, como tampoco ver a Rio en la
proa, con las mangas de la camisa remangadas, dejando
al descubierto unos fuertes antebrazos y unas hábiles
manos, con su fuerte cuerpo firme mientras capeaban
las olas.

Cuando llegaron por fin, ella se sentía desesperada,
tanto que estuvo a punto de pedirle que se olvidara de
lo que ella había dicho y que buscara un lugar tranquilo
donde los dos pudieran estar juntos para ver si eso podía aliviar su desesperado estado.

Rio llevó directamente el barco a una cala y lo detuvo en un muelle de madera. Entonces, agarró una
gruesa cuerda y la arrojó al muelle para engancharla y
poder así acercar el barco. Después, saltó y amarró la
cuerda varias veces antes de ofrecerle la mano a ella.

Al tomarla, Tilly se sintió como si recibiera una descarga eléctrica. Su cuerpo se echó a temblar y miró a
Rio con indefensión. Se sentía totalmente perdida.

Por lo que ella podía ver, Rio estaba totalmente cen-
trado en ayudarla a bajar del barco sin novedad. Cuando
Tilly lo hizo, se dispuso a separarse de él y a darle las
gracias, pero él se lo impidió entrelazando los dedos
con los de ella. Tilly sintió que se le hacía un nudo en
la garganta. Era el gesto más bonito que había experimentado nunca. Un sencillo contacto, una cercanía inocente y que, sin embargo, la llenó de placer.

La costa de Capri estaba alineada por coloridas casas
construidas justo contra los acantilados. Había también
muchas tiendas y restaurantes y en la pequeña bahía los
barcos se balanceaban suavemente sobre el agua.

–¿Qué necesitas? –le preguntó ella mientras observaba el pintoresco ambiente que les rodeaba.

–¿Aparte de lo evidente? –replicó él con una sonrisa–. Necesito recoger unas cosas.

—¡Qué misterioso! —bromeó ella

—Sí. Así soy yo. Un hombre de misterio.

—Está bien, hombre misterioso —repuso ella riéndose—. ¿Adónde vamos primero?

Cerca del muelle había un mercado. Resultó que lo que Rio necesitaba recoger eran alimentos. Pan, tomates, aceitunas, aceite de oliva y queso. Tilly fue admirando los puestos, maravillada de las artísticas presentaciones y de los deliciosos bocados que se ofrecían.

Rio se detuvo para hablar con un hombre que vendía uvas. Entonces, Tilly vio una tiendecita al otro lado de la calle.

—Voy a mirar ahí —murmuró apartándose antes de que él pudiera responder.

Tilly se acercó y entró en la tienda. Inmediatamente, pudo aspirar el aroma de los libros de segunda mano. Se perdió entre las estanterías y tomó algunos libros que le interesaron antes de dirigirse hacia la sección infantil. Los títulos eran difíciles de traducir, pero los nombres de los autores eran evidentes.

Por fin, vio una encuadernación que le resultó familiar. Sacó el libro de la estantería. *Il Castello Sulla Scogliera*. Había leído todos los libros de *Los famosos cinco* cuando era una niña.

Se dirigió a la caja y colocó su libro sobre la mesa, esperando que su sonrisa pudiera compensar el hecho de que no hablaba más que unas cuantas palabras en italiano.

La mujer asintió, como si comprendiera, y le indicó el precio. Tilly rebuscó en su bolso y apartó el teléfono móvil para sacar la cartera. ¡El teléfono! Ni siquiera se había parado a pensar que allí, en Capri, tendría cobertura.

Le dio un billete de diez euros a la mujer y esperó su cambio. La mujer se lo dio y le metió el libro en una bolsa de papel.

–*Grazie* –murmuró Tilly.

Metió el libro en el bolso y sacó el teléfono. Lo encendió y esperó a que cargara.

Recibió unos cuantos mensajes de texto, uno de Jack, en el que le daba de nuevo las gracias por salvarle la vida, otro de su madre, en el que le preguntaba si iba a ir a comer el fin de semana y otro de Art en el que le preguntaba dónde había archivado un expediente en el ordenador.

Respondió rápidamente y consultó sus correos. No había nada de Cressida.

Levantó la vista y, tras mirar a su alrededor, localizó a Rio inmediatamente. Como si presintiera que ella lo estaba observando, Rio levantó la vista y cruzó su mirada con la de ella. El deseo que Tilly experimentó fue tan fuerte que la dejó completamente abrumada y la impidió seguir avanzando.

Rio compensó su falta de movimiento acercándose a ella.

–¿Vamos a almorzar? –le preguntó mientras le miraba los labios de tal manera que Tilly solo pudo pensar en levantar la boca y besarle.

Se limitó a asentir.

Primero, almorzarían. A continuación, lo que Rio deseara.

Capítulo 6

DESDE el restaurante se dominaba toda la bahía. Habían tenido que subir al menos cien escalones, pero, mientras Tilly observaba el resplandeciente mar, los barcos y el dorado sol, admitió que el esfuerzo había merecido la pena.

La terraza estaba alineada con macetas de lavanda y jazmín. El olor era tan delicioso que se inclinó un poco hacia una planta para poder olerla mejor.

–No te vayas a caer –le dijo una voz a sus espaldas.

Ella miró hacia atrás con el corazón latiéndole con fuerza en el pecho y comprobó que era Rio, que se acercaba a la mesa con una botella de vino y dos copas.

–Acabo de encargar el almuerzo –anunció mientras le indicaba una mesa.

Se sentaron y él sirvió las dos copas de vino, que estaba muy frío y tenía un color dorado muy delicado.

–Salud –dijo ella mientras los dos levantaban las copas para brindar–. ¿Habías estado aquí antes?

–¿En Capri?

–No, en este restaurante.

–En una ocasión, la primera vez que visité Prim'amore.

–¿Viniste a inspeccionar la isla como yo?

–No. Fue una visita repentina.

–¿Por qué? –le preguntó ella mientras daba un sorbo de vino. Era muy refrescante, con un ligero sabor afrutado.

–No había tiempo para explorar.

–¿Estás tratando de evitar deliberadamente mi pregunta?

–No.

–¿Entonces?

–Me he pasado una vida entera tratando de no hablar de esto.

El interés de Tilly se redobló. Esperó conteniendo el aliento a que Rio continuara.

–Hay algo en ti... –añadió él sacudiendo lentamente la cabeza–. En realidad, heredé la isla. Hace poco más de un mes.

–Ah. Vaya. Lo siento.

–¿Por qué?

–Bueno, si alguien te dejó una isla, debiste de significar mucho para esa persona.

La sonrisa de Rio fue breve y con ella pareció mostrar su desacuerdo.

–No la quiero.

–¿Por Arketà?

–No, porque me recuerda cosas que prefiero olvidar.

Un sonido les alertó de que alguien se acercaba. Rio se irguió y su aire de inseguridad se desvaneció.

El camarero les colocó dos platos sobre la mesa. Uno contenía una selección de marisco. El otro, rodajas de tomate con esferas de queso y unos corazones de alcachofa. Tilly sintió que su estómago protestaba. Se sentía impaciente por probar los nuevos sabores. Sin embargo, su mente lo estaba aún más. Quería saberlo todo sobre él. Aparentemente, no era la única que sentía curiosidad.

–Te he juzgado mal desde el principio –dijo él indicando que se sirviera mientras se reclinaba sobre su asiento–. Pensé que serías egoísta y aburrida. Insulsa y presumida.

–Vaya, muchas gracias –susurró ella mientras se servía.

–Ya me he disculpado por eso. Lo decía en serio. No eres la mujer que pensaba. Entonces, ¿quién eres?

Tilly tragó saliva. Sintió que, a sus pies, se abría un abismo muy profundo que estaba dispuesto a engullirla. ¿Qué le podría decir? No mucho. Al menos, no sin romper la promesa que le había hecho a Cressida.

Dudó un instante.

–¿Qué es lo que quieres saber?

–Me daba la impresión de que tú eras... ¿cómo decirlo? ¿Muy liberal con tus afectos?

Tilly ahogó una carcajada de indignación.

–¿Es ese un eufemismo para definir a alguien fácil de llevar a la cama?

–Yo no juzgo a nadie –dijo Rio sacudiendo la cabeza–. Disfruto del sexo tanto como cualquiera. No me importa cuántas parejas hayan tenido mis amantes antes de estar conmigo.

–Muy amable de tu parte –murmuró ella. La idea de formar parte de sus amantes hacía que la sangre le hirviera en las venas dolorosamente.

–Es eso precisamente lo que me fascina. Ese rubor y esa timidez. La desaprobación, como si nunca te hubieras acostado con un hombre.

–¿Solo porque esta mañana te dije que no tengo por costumbre acostarme con cualquier hombre que me encuentre?

–En parte –contestó él tras dar un sorbo de vino–, pero es mucho más que eso. Es el modo en el que tiemblas cuando te toco, aunque sea ligeramente.

Como si quisiera demostrar sus palabras, extendió la mano por encima de la mesa y levantó la mano de Tilly. Entonces, le dio un beso en el reverso de la muñeca. Sin que pudiera evitarlo, ella experimentó un ligero estremecimiento, que le puso la piel de gallina y la excitó ligeramente.

Rio la miró con asombro demostrando que había visto el efecto que ejercía sobre ella.

–Nada sobre ti tiene sentido.

El miedo se apoderó de ella. Estaba fallando. Estaba dejando que sus propias necesidades se interpusieran en lo que debía estar haciendo. En lo que le habían pagado muy bien por llevar a cabo. Cressida se había puesto en sus manos y ella le había dado su palabra. No tenía ningún derecho a ponerlo todo en peligro solo porque... se estuviera enamorando.

Entreabrió los labios muy sorprendida. ¿Era eso lo que estaba haciendo? Se sentía tan rara.

El corazón le latió con fuerza en el pecho. «¿Enamorada?». Nunca había estado así. Ni una sola vez. Había salido con algunos hombres e incluso se había acostado con un par de ellos, con los que había pensado que podría tener más futuro. Incluso había tenido una aventura de una noche que le había enseñado que no le gustaba el sexo por el sexo.

Sin embargo, jamás había sentido nada parecido a lo que sentía en aquellos momentos.

–No soy una ecuación –dijo apartando la mano para tomar la copa de vino–. No soy algo que se deba comprender.

–Al contrario. Eres una adivinanza que necesito resolver.

Tilly tragó saliva para tratar de refrescarse la garganta. Cuando no lo consiguió así, bebió vino con avidez.

–Hablando de resolver adivinanzas –dijo con la intención de cambiar de tema–. Tengo algo para ti.

Rio se quedó en silencio, pero Tilly sintió su impaciencia. Ella metió la mano en el bolso y sacó el libro, que le entregó con una tímida sonrisa.

–¿Es este el libro del que me hablaste? –preguntó él cuando lo sacó de la bolsa.

–No es solo un libro, sino una serie. Este es uno de ellos. El único que pude encontrar en esa tienda.

Volvió a beber un poco de vino y se sorprendió al ver que la copa estaba prácticamente vacía.

–Gracias –murmuró él–. ¿Leíste muchos de ellos cuando eras niña?

A Tilly no la engañó ni por un instante. Rio parecía estar charlando con normalidad, pero seguía tratando de resolver quién era ella. Algo que Tilly no podía permitir. La desolación se apoderó de ella. ¿Podría encontrar algún modo de ser sincera con él?

Tomó de nuevo la copa de vino. ¿Y si le dijera la verdad? ¿Seguiría él mirándola del mismo modo o la juzgaría por haber aceptado dinero a cambio de una mentira?

Tal vez podría hablar con Cressida. ¿Y si le confesaba la verdad y le pedía que la liberase de su acuerdo? Tendría que devolverle el dinero, pero, con tiempo, podría hacerlo.

De repente, guardarle el secreto a la heredera le pareció muy mal.

–Bueno, no me parece una pregunta tan difícil.

–¿Cómo dices?

–¿Leíste muchos de esos libros cuando eras una niña? –repitió él.

–Sí, sí.

–¿Y estos libros eran tus favoritos?

–Estaban entre los más favoritos –afirmó Tilly–. Adoraba los libros de misterio. Debí de leerlos todos un millón de veces.

Rio agarró la botella de vino y volvió a llenarle la copa.

–¿Y tú? –añadió ella.

–No, yo no tenía tiempo de leer libros.

–¿Ninguno? Eso es muy triste.

–Bueno, tenía otras aficiones que me gustaban mucho.

–¿Cuáles?

–Explorar. Mi madre y yo dábamos largos paseos, al menos cuando ella estaba bien.

Rio se giró para mirar el mar y sonrió ligeramente al recordar aquellos breves momentos de felicidad de su infancia.

–Mi madre no tenía mucho dinero, tal y como te dije, por lo que solía meter en una bolsa unas manzanas y una botella de agua y un poco de *cioccolata* para mí. Vivíamos encima del mercado y, de vez en cuando, me sorprendía con un pastel o algo de fiambre. Nos marchábamos muy temprano por la mañana y no regresábamos hasta por la tarde. Estábamos todo el día recorriendo las calles de Roma, estudiando los antiguos edificios y aprendiendo cosas sobre la ciudad. No considero que me perdiera nada por no haber leído muchos libros.

–Esos paseos debieron de ser muy especiales. ¿Estaba enferma tu madre con frecuencia?

–Sí.

A Tilly le resultó imposible ocultar la pena en aquellos ojos tan expresivos. Extendió la mano por encima de la mesa y cubrió ligeramente la de él. Rio miró los dedos de ambos. ¿Se estaba dando cuenta de lo bien que encajaban, aunque la tonalidad de la piel de ambos fuera tan diferente?

–Cuando empecé el colegio, recuerdo que ella me decía que las cosas serían diferentes. En ese momento, no me di cuenta de por qué... solo que ella parecía animada por la perspectiva de algo en el horizonte. Ahora lo comprendo todo. Había conseguido que me cuidaran durante parte del día, así que ella podría trabajar. Vio la oportunidad de volver a encauzar su vida.

–¿Por qué?

–Ella tenía solo veinticuatro años cuando yo nací –murmuró él. Estaba dando vueltas al vino en la copa, pero sin beberlo–. Tu edad.

–¿A qué se dedicaba?

–Era arquitecta.

Las piezas del rompecabezas estaban empezando a encajar.

–Ella te enseñó a amar los edificios antiguos.

–Sí, aunque más que enseñarme fue abrirme los ojos. Cuando pasábamos por lugares que estaban destruidos, nos maravillábamos de lo que podría haber pasado si alguien hubiera intervenido. A ella le encantaba la historia, el pasado. Solo quería conservarlo.

–Debió de ser una persona maravillosa.

–Sí.

Rio se preguntó por qué le estaba contando todo aquello a una mujer a la que prácticamente no conocía, a una mujer a la que había pensado que despreciaría. Sin embargo, cuanto más la conocía, más comprendía lo diferente que era Cressida de las Marinas que había por el mundo. Cressida no mentía.

–¿Cuándo empezó a ponerse enferma?

–Un mes después de que yo empezara el colegio. Pensó que era un resfriado, pero no se le pasaba. Entonces, empezaron los dolores de estómago.

Rio cerró los ojos durante un instante y, cuando volvió a abrirlos una vez más, fue como si la estuviera atravesando con su dolor. Tilly sintió su angustia como si fuera propia.

–Estaba demasiado enferma para ir a trabajar. Perdió su trabajo. El dinero empezó a escasear... y ella cada vez estaba más enferma.

–Rio... –murmuró Tilly sacudiendo la cabeza–. ¿Y sus padres? ¿Y el tuyo?

–Sus padres dejaron de hablarle cuando se enteraron de que estaba embarazada.

–¿Ni siquiera se ablandaron cuando naciste?

–No. Ni siquiera cuando ella cayó enferma. Ni cuando murió. Aún siguen vivos.

–¿Y tú hablas con ellos?

–¿Lo harías tú?

Tilly sintió un profundo dolor en el corazón y trató de encontrar algo que decir, algo que pudiera aliviar su sufrimiento. No lo encontró.

–No creo en las segundas oportunidades, Cressida. Tenemos una oportunidad en la vida para hacer la elección correcta. Ellos no la aprovecharon. Ni mi padre tampoco. Perdonarles sería una estupidez, una debilidad que yo jamás me permitiría.

–¿Y si se arrepienten de lo que hicieron? ¿Y si...?

–No. Si te puedes imaginar la manera en la que ella vivió su vida, la vergüenza que sintió por nuestra pobreza, la preocupación que sentía cuando yo le decía que tenía hambre... Y yo siempre tenía hambre...

–Estabas creciendo.

–Y ella se estaba muriendo –dijo él suavemente–. Siguió con vida casi hasta que yo terminé el instituto y creo que fue por pura testarudez.

Rio apartó las manos de las de ella y siguió comiendo en silencio.

–¿Y tu padre?

–¿Qué pasa con mi padre?

–Dijiste que no formaba parte de vuestras vidas, pero supongo que cuando ella cayó enferma...

–No.

–¿Lo sabía?

–Sí, *cara*.

–Tal vez no estaba en situación de ayudar –sugirió ella, aunque le resultaba imposible aceptar que un hombre le diera la espalda a la madre de su hijo cuando estaba a punto de morir.

–¿Por qué siempre estás tan decidida a ver lo mejor en la gente?

—No lo sé —dijo ella mientras tomaba otro poco de vino—. No sabía que lo hiciera.

—Pues así es. Y cualquiera diría que has tenido suficiente experiencia con la gente como para ser más cautelosa al respecto.

—No. Todavía no...

—Pues espero que no cambies. Tu optimismo es refrescante.

—¿Pero mal enfocado?

—En este caso, sí. Mi padre era un hombre muy rico. Podría haberle comprado a mi madre un apartamento y haberle dado un dinero mensual que hubiera permitido que yo fuera a buenos colegios. A él no le habría supuesto prácticamente nada.

—Pero debió de hacer algo para ayudar.

—Se ofreció a pagar el aborto.

Tilly contuvo el aliento.

—¿Estás seguro de eso?

—Mi madre no me lo dijo nunca, al menos, no quiso hacerlo, pero en ocasiones el dolor era tan severo que los médicos tenían que inyectarle grandes cantidades de morfina. Eso le hacía hablar...

—¡Qué duro para tu madre! Tener que mantener las apariencias a través de tanta adversidad y haberte criado sin hablarte mal de tu padre, aunque seguramente sintió la tentación de hacerlo, y luego confesártelo todo cuando no podía controlarse. Qué pena.

—Así es exactamente como yo me sentía —dijo él sorprendido—. En cualquier caso, me alegraba de tener respuestas. Siempre me había preguntado sobre él y me sentí aliviado al descubrir que lo odiaba. Tenía derecho a sentirme así. Lo llevaba dentro desde hacía mucho tiempo, pero se nos enseña a no odiar a nuestros padres. Así, me sentí con derecho a hacerlo.

Tilly asintió, aunque sabía que no podía decirle nada que aliviara su dolor.

–¿Sigue vivo?

–No.

–No sé qué decirte –susurró ella mientras se llevaba una vez más la copa a los labios.

–Eres la única persona a la que he hablado nunca de esto. Basta con que me hayas escuchado.

¿Estaba mal sentir gozo en un momento de tanta tristeza? Así era como se sentía Tilly. Rio había confiado en ella para contarle algo que no había relatado a nadie más.

–Me imagino que tu madre estaría muy orgullosa de ti.

–Siempre lo estuvo –susurró él mirándola a los ojos–. Incluso mis menores hazañas siempre le parecían merecedoras de una gran alabanza.

–Mi madre también es así –dijo Tilly, pensando en Belinda Morgan con una sonrisa–. Si yo ganaba cualquier concurso en el colegio, para ella era como una medalla olímpica.

La expresión de Rio se volvió cautelosa. Casi calculadora. Al principio, Tilly no comprendió por qué, pero un instante después lo descubrió. La madre de Cressida no se parecía en nada a Belinda y ella ciertamente jamás había estado orgullosa de su hija.

–Entiendo.

Tilly se sintió presa del pánico. Tenía que encontrar una solución. Debía hablar con Cressida inmediatamente.

–¿Me perdonas un momento?

Rio asintió y ella se puso de pie. Recogió su bolso y se dirigió a los aseos del restaurante. Allí, sacó su teléfono y llamó a Cressida.

La llamada fue directa al buzón de voz. Volvió a intentarlo. Sin éxito.

Tilly se miró en el espejo durante un instante. Le había prometido a Cressida que la ayudaría y nunca solía

defraudar a nadie. Sin embargo, nunca antes había conocido a un hombre como Rio y le daba la sensación de
que terminaría estropeándolo todo si seguía mintiéndole.

Le envió un mensaje a Cressida.

*Tenemos que hablar. Tengo acceso limitado a Inter-
net. Por favor, ponte en contacto conmigo.*

Regresó a la mesa. Sus pensamientos seguían siendo
erráticos y confusos.

—Dijiste que has conocido a muchas mujeres como
yo.

—Sí —contestó él tras la sorpresa inicial por aquel
comentario—. Luego te dije que eras única.

—¿Tienes una vida social muy activa?

Tilly tomó de nuevo su copa y bebió ávidamente.
Cuando la volvió a dejar sobre la mesa, se sintió algo
mareada. Casi no había comido. Entonces, tomó un
trozo de queso y se lo metió en la boca.

Rio la estaba observando. Más concretamente, estaba observando sus labios. Su boca. Tomó otro trozo
de queso y se lo ofreció. Ella separó los labios lo suficiente para que él pudiera metérselo en la boca. Rio
dejó el pulgar un instante en la comisura del labio
mientras ella masticaba, aunque el corazón le latía con
fuerza en el pecho.

—Sí. Tengo una vida social muy activa —dijo él por
fin—. Aunque supongo que a lo que te refieres es a mi
vida sexual.

Más vino. No. Más comida. De todos modos, tenía
la copa vacía. Necesitaba agua. Miró a su alrededor
buscando un camarero. No había ninguno cerca.

Asintió, algo que seguramente no habría hecho si no
se hubiera tomado dos buenas copas de Pinot Grigio con
el estómago vacío.

–¿Has ido en serio alguna vez con alguien? –le preguntó ella sin poder contenerse.

–Sí.

–¿De verdad? –insistió. Sin saber por qué, sintió celos.

–Hace ya mucho tiempo.

–¿Qué ocurrió?

–Ella me rompió el corazón.

–¿De verdad?

–No, en realidad no. Cuando me traicionó, me sentí furioso. Pensé que podría haber estado enamorado de ella, pero no. Imposible. Todo lo referente a ella resultó ser una mentira.

Tilly sintió un escalofrío por la espalda. El pánico se apoderó de ella.

–¿Una mentira en qué sentido?

–No importa.

–¿Sigues disgustado? ¿Demasiado como para hablar al respecto?

–No, pero ya no sirve de nada. He aprendido una y otra vez que la gente que miente no se merece segundas oportunidades.

–¿En qué te mintió?

–¿De verdad lo quieres saber?

Tilly asintió, aunque el pánico se estaba apoderando de ella.

–Llevábamos viéndonos casi un año. Yo estaba muy ocupado. Mi negocio estaba despegando y, aunque me gustaba mucho y estaba a punto de enamorarme de ella, no tenía planes para que formara parte de mi vida de un modo permanente –dijo Rio mientras miraba el mar–. Marina tal vez lo presintió y, preocupada, decidió ocuparse del asunto.

–¿Cómo?

–Fingió estar embarazada.

–¿Cómo dices? Eso está muy mal.

–Sí. Sabía que yo le pediría que se casara conmigo. Y lo habría hecho, pero había algo que no encajaba y ella terminó por confesar. Se disculpó y yo, en cierto modo, lo comprendí. Marina siempre tuvo todo lo que deseaba y en esos momentos me quería a mí. No estaba dispuesta a aceptar mi falta de compromiso.

–Pero mentirte y fingir un embarazo...

–Sí. Fue una tontería. Di por terminada nuestra relación el día en el que lo descubrí y no he hablado con ella desde entonces. No dejo que me traicionen dos veces.

Tilly volvió a sentir un escalofrío por la espalda. Su situación la hizo temblar. Cada vez era más importante hablar con Cressida. Tenía que arreglar aquella situación como fuera.

–No me gusta pensar en ti con otras mujeres.

–¿Acaso estás celosa?

Tilly estaba más que celosa. Se sentía desolada. Necesitaba tiempo para procesar todo lo que estaba sintiendo. Se bebió el vino con el que él le había vuelto a llenar automáticamente la copa, desesperada por borrar el dolor que sentía.

–No es que mi vida social sea tranquila.

–Cuando hablas de tu vida social, ¿te refieres a tu vida sexual en realidad?

Era Cressida. En aquellos momentos, al menos.

–Claro, sí. Ya sabes... el sexo es el sexo –comentó con toda la ligereza que pudo reunir–. ¿Podemos volver ya a la isla?

Rio la miró muy fijamente. Cuando se puso de pie y le tomó la mano, lo hizo con decisión. Con sensualidad.

Ya estaba ocurriendo.

Capítulo 7

ESTO no va a ocurrir.

Tilly lo miró. Tenía el pensamiento nublado. El barco acababa de llegar a Prim'amore y había aminorado la marcha para acercarse a la costa.

—¿Qué?

Rio miró la mano de Tilly, que sin saber cómo ni por qué, había terminado sobre el muslo de él. En realidad, estaba muy cerca de la entrepierna. El vino le había turbado el pensamiento...

—Estás borracha —dijo él con arrogante incredulidad.

—Por supuesto que no —replicó ella mientras se ponía de pie para demostrárselo.

El barco se balanceó e, igual que había ocurrido el primer día, Tilly amenazó con caerse de cubierta. Por suerte, Rio la agarró con fuerza para evitarlo.

—Y no haces más que dar problemas —añadió sin rastro del afecto que le había mostrado a la hora de comer.

—Igual que tú —replicó ella como si fuera una niña.

—Siéntate.

—«Siéntate» —repitió ella, aunque hizo lo que él le había ordenado y se sentó.

Rio volvió a concentrarse en las maniobras del barco. Lo condujo hasta la arena y saltó para meterlo más en la playa. Cuando terminó, se acercó a Tilly y le ofreció la mano, aunque ella la rechazó inmediatamente.

–Puedo sola.

–Ya he oído eso antes. Dame la mano.

–De ninguna manera. No lo haré hasta que te disculpes por decir que estoy borracha.

–Te has tomado dos copas de vino. ¿Cómo es posible que se te haya subido a la cabeza?

–Es que no... No lo sé –dijo para no admitir que no solía beber con frecuencia–. Estoy bien, muchas gracias.

–De eso nada –le espetó él–. Deja que te ayude.

–¿Acaso crees que me voy a ahogar en dos centímetros de agua?

–Si hay alguien capaz...

Tilly le sacó la lengua y se fue a la otra parte del barco. Rio se movió con rapidez, pero ella tenía ventaja dado que la distancia era más corta que rodeando el barco.

Tilly consiguió saltar del barco. Fue la pirueta que hizo para mofarse de él lo que le jugó una mala pasada. Golpeó el barco con la cadera y este la empujó hacia atrás... hacia el agua. Lo último que ella vio antes de caer al agua fue el rostro enojado de Rio. Una vez más.

Se incorporó y se apoyó sobre la arena con los codos. Él se acercó inmediatamente y la sacó del agua.

–¡Déjame! –exclamó, aunque no trató de separarse de él.

Rio le había colocado las manos sobre el trasero. Curiosamente, ella deslizó las suyas hasta su cintura y fue levantándole poco a poco la camisa hasta que encontró la piel.

–¿Y permitir que te caigas en un agujero para que te coman los cangrejos? No, Cressida. Creo que debes estar encadenada a la cama durante un tiempo.

La imagen le resultó impactante. Tilly se quedó inmóvil y dejó escapar un pequeño sonido de la garganta.

—O a una silla. Donde no puedas hacer daño.

—Me gusta lo de la cama...

Rio se dirigió hacia la casa y abrió la puerta con el pie. La llevó arrastrando prácticamente por el pasillo hasta que la sentó en un taburete de la cocina.

—Ni se te ocurra moverte.

En cuanto oyó que la puerta principal se cerraba, Tilly se puso de pie tambaleándose. Se golpeó contra el frigorífico. Necesitaba agua.

Ya estaba empapada. Tenía que cambiarse y luego beber algo.

Asintió. Le pareció un plan excelente.

Desgraciadamente, Rio no estuvo fuera mucho tiempo y los dedos de Tilly no le funcionaban tan rápidamente como debieran.

Cuando él regresó a la casa y encontró la cocina vacía, fue a mirar en el dormitorio. La puerta estaba abierta de par en par. Tilly estaba junto a la ventana, tratando de ponerse un vestido seco. Le vio la espalda desnuda, el redondeado trasero y las pálidas caderas. Suficiente para acicatear sus fantasías durante años.

—*Dio...*

Ella se dio la vuelta y, si Rio le hubiera estado mirando el rostro, se habría dado cuenta de lo inesperada que era aquella intrusión. Sin embargo, él no hacía más que mirarle el cuerpo, poseyéndola con la mirada cuando no se atrevía a tocarla.

Tilly trató de levantarse el vestido, dejándole claro su mensaje. Si Rio no actuaba con rapidez, ella iba a volver a desnudarse.

—Ya te dije que esto no va a ocurrir.

—Pero yo creía que tú también...

—Casi no te tienes en pie, Cressida. ¿Acaso crees que soy la clase de hombre que se aprovecharía de una mujer estando borracha?

Aparentemente, el alcohol le había quitado sus inhibiciones. Se acercó a él contoneándose.

–¿Y si una mujer borracha se aprovecha de ti? –le sugirió mientras se le abrazaba al cuello levantándose contra su cuerpo y apretándose contra él–. Quiero que esto ocurra. Sobria o no. Lo deseo.

Rio cerró los ojos durante un instante y dio un paso atrás.

–Pues yo no. Y mucho menos así.

Aquellas palabras hirieron a Tilly. Ni siquiera el alcohol pudo desvanecer el dolor.

–Oh...

–Ve a tumbarte un rato –le ordenó él, aunque acompañando sus palabras de una sonrisa–. Te sentirás fatal dentro de unas horas.

–Necesito un poco de agua.

–Te la traeré.

Ella ni siquiera le dio las gracias, aunque sabía que debería. Fue a tumbarse en la cama sin molestarse en taparse siquiera.

Cuando Rio regresó un minuto más tarde, ya estaba dormida. Dejó el vaso de agua sobre la mesilla y se marchó antes de que su fuerza de voluntad lo abandonara.

Se merecía una medalla al valor por aquel acto de contención. Tras llevar un mes de celibato, una mujer hermosa le había ofrecido su cuerpo y él se había negado a aceptarlo. En realidad, solo había tomado dos copas de vino. ¿Cuántas veces se había acostado con una mujer que hubiera bebido en una fiesta?

El problema era que, en ella, aquellas dos copas de vino parecían tener el efecto de dos botellas. Estaba completamente bebida. Cressida Wyndham, una mujer sofisticada, que se pasaba la vida de fiesta en fiesta, no debería haberse sentido tan afectada por un par de copas de vino, pero así había sido. ¿Por qué el vino le había producido un efecto tan devastador en aquella ocasión?

Cressida Wyndham era un misterio que Rio iba a resolver.

Rio había estado en lo cierto. Cuando se despertó, Tilly se sentía fatal. Además, estaba totalmente oscuro, lo que le hacía sentirse aún más desorientada. Tomó su teléfono para ver qué hora era. Las nueve de la noche.

¿Por qué se había quedado dormida tan temprano? ¿Por qué tenía una sensación pastosa en la boca? De repente, lo recordó todo.

—Dios... —susurró mientras apretaba con fuerza los ojos.

La vergüenza se apoderó de ella. Apretó de nuevo los ojos, pero eso solo empeoró las cosas. Con los párpados cerrados, todo lo ocurrido a lo largo del día apareció de nuevo ante sus ojos. Se había caído al agua, una vez más y... lo peor de todo era que, prácticamente, le había suplicado a Rio que le hiciera el amor. Él le había contestado que no le interesaba.

Tilly miró a su alrededor y vio por fin el vaso de agua. Lo levantó y se lo bebió de un trago. El único problema que le quedaba ya era que tenía que utilizar el cuarto de baño. Y eso significaba salir de la habitación y, posiblemente, enfrentarse a él.

Podía aguantar.

O no.

Se puso de pie y se dirigió de puntillas hasta la puerta. La abrió lentamente y contuvo el aliento cuando esta crujió un poco. Cuando la tuvo completamente abierta, sacó la cabeza.

Derecha. Izquierda. No se veía a nadie.

Estupendo.

Prácticamente echó a correr hacia el cuarto de baño. Se sentía fatal y, tras mirarse al espejo, constató que su aspecto encajaba perfectamente con cómo se notaba.

Se atusó el cabello con los dedos y se lavó la cara. Entonces, se pellizcó las mejillas antes de cepillarse los dientes y de ponerse un poco de crema en la cara. Por último, respiró profundamente y abrió la puerta. Ya no se esforzó por no hacer ruido.

No habría importado de todos modos. Rio estaba apoyado sobre la pared de enfrente, con una sonrisa en los labios.

—No —le ordenó ella—. Te pido que no me sermonees.

—No tengo intención de hacerlo. ¿Cómo te encuentras?

—¿Cómo te parece a ti?

Rio trató de agarrarle la mano, pero ella dio un paso atrás.

—No, te lo ruego... Solo quiero olvidar lo que ha pasado hoy.

—Siento decirte que eso no será posible. Al menos, para mí. Ven a comer algo.

—No, gracias.

—Te sentirás mejor por la mañana si te metes en la cama con comida en el estómago.

—Te lo ruego —suplicó ella—. Fueron solo dos copas de vino. No tengo resaca. Solo necesito intimidad.

—Come algo y te dejaré en paz.

—¿Me vas a chantajear con comida?

—Si eso es lo que piensas...

Tilly lo pensó un instante. El estómago le protestó. En realidad, tenía hambre.

—Está bien.

Rio se dio la vuelta y echó a andar hacia la parte delantera de la cabaña y le abrió la puerta.

La noche era cálida y hermosa. El cielo estaba cubierto de un denso manto de estrellas. Unas ligeras
nubes se deslizaban hacia la luna como frágiles dedos.

–Toma... –le dijo él mientras le daba un plato. Ella
lo miró muy poco impresionada.

–¿Galletas saladas?

–Solo debes tomar algo ligero.

Tilly arrugó la nariz, aunque, a decir verdad, no estaba segura de que pudiera tomar otra cosa. Se sentó y
se colocó las rodillas contra el pecho mientras mordía
una galleta mirando el mar.

Mientras comía, el silencio les rodeaba, quebrado
ocasionalmente por algún ave nocturna y por el sonido
del mar. Cuando el plato quedó vacío, volvió a ponerse
de pie.

–Me voy a la cama, a menos que tengas algo que
objetar.

–En absoluto. Dulces sueños, *cara*.

Las palabras la persiguieron por todo el pasillo hasta
llegar a su habitación. Era como si se estuvieran bur-
lando de ella. Tendría dulces sueños, claro que sí, pero
los dos sabían muy bien quién sería el protagonista.

El aire olía diferente cuando Tilly se despertó. La luz
también había cambiado. El ambiente del dormitorio
era pegajoso y húmedo. Se dio la vuelta en la cama para
volverse hacia la ventana. Esta se había abierto durante
la noche y la bruma había entrado en la habitación,
envolviéndola por completo.

–Truenos –se dijo mientras se sentaba en la cama y
se frotaba los ojos.

Estaba lloviendo mucho. El sonido de las gotas sobre el tejado se añadía a la profundidad de una tormenta sobre el mar. Sintió algo de temor. Las tormentas

siempre habían despertado fuertes sentimientos en ella, incluso de niña.

Apartó la sábana y se levantó. Se dirigió hacia la ventana y se puso de puntillas para asomarse. Los geranios estaban aplastados por el peso de la lluvia. La playa también parecía completamente diferente. La arena parecía gris en vez de blanca y las olas eran de un color plomizo, coronadas por furiosa espuma blanca cuando se estrellaban contra la playa. El cielo era gris y se iluminaba solo ocasionalmente con el breve restallido del relámpago, antes de que el trueno lo hiciera retumbar todo.

Incluso en sueños había estado temiendo su confrontación con Rio. La tormenta tan solo lograba acrecentar el drama de esa confrontación. Se miró en el espejo y se pellizcó las mejillas para insuflarles un poco de color. Después se peinó. Cuando miró el teléfono, vio que aún era temprano. Podría ser que él aún no se hubiera levantado.

Pensar en un fuerte café solo antes de hablar con él le pareció motivo de optimismo.

Los recuerdos de cómo se había comportado le hacían sentirse fatal. Había sido grosera, provocadora, seductora, exigente y... borracha. Se sentía muy avergonzada.

Tras respirar profundamente para armarse de valor, se dirigió a la cocina.

–*Buongiorno* –dijo él. Tenía una taza de café en la mano y llevaba solo un par de pantalones cortos. Tenía un aspecto tan viril que Tilly sintió de nuevo la mortificación del deseo.

–Hola –respondió ella aclarándose la garganta. Tras mirar la cafetera, se dio cuenta de que tendría que pedir disculpas primero–. Siento mucho lo de ayer. Creo que fue porque no desayuné –añadió mirándose las uñas de los pies–. Tenía mucho calor y sentía sed. Me tomé el vino demasiado rápido.

–¿Lo haces con frecuencia?

Tilly no sabía qué decir, dado que no quería que él sospechara que no era Cressida. Ella era una bebedora profesional y solo Dios sabía qué más tomaba en las fiestas.

–Lo siento –repitió–. Me siento muy avergonzada.

Rio se acercó a ella y le colocó una mano brevemente debajo de la barbilla para que ella levantara el rostro.

–No me importa que hayas tomado demasiado vino, sino que te hayas puesto en una situación vulnerable. Me importa que te expongas al peligro, que hagas eso con frecuencia y que cualquier hombre pudiera haber disfrutado de lo que ofrecías. Me suplicaste que me acostara contigo, Cressida. ¿Cuántas veces lo has hecho? ¿Cuántos hombres se han aprovechado de ti en ese estado?

Entonces, Rio lanzó una maldición y se dirigió hacia la cafetera. Preparó una nueva taza de café.

–Te aseguro que puedo cuidarme sola.

–No me lo creo.

Cuando la máquina terminó, le dio la taza de café a ella. Tilly la aceptó aliviada. Se lo tomó rápidamente.

–Gracias por lo de anoche. Por no... no...

Rio la miró de arriba abajo, pero no dijo nada. El silencio se extendió entre ellos, marcado por los relámpagos y los truenos. Ella agarró con más fuerza la taza de café.

–Por muy tentadora que te pudiera encontrar –observó él–, te aseguro que no me lo habría perdonado nunca.

Tilly se tomó el café y decidió que debería estarle agradecida por su caballerosidad, pero se sentía vacía por dentro. Su anhelo era enorme y había sido ignorado.

–Hoy tendremos que quedarnos en casa todo el día –añadió Rio–. La tormenta está arreciando.

–Es muy fuerte, sí –comentó ella mientras se acercaba a la ventana y trataba de olvidar lo ocurrido la noche anterior–. ¿Son las tormentas comunes en esta zona?

–No. En realidad, no son nada frecuentes.

–¿Crees que estará así todo el día?

–Sí. Por lo menos hoy. Tendremos que esperar a que pase.

Justo lo que necesitaba. Estar metida en aquella casa tan pequeña todo el día con el hombre al que le había suplicado que le hiciera el amor la noche anterior.

–Genial –susurró con una débil sonrisa.

Capítulo 8

TILLY iba a estallar. Aparte del ruido de la tormenta, la casa estaba totalmente en silencio, tal y como lo había estado toda la mañana. Rio había estado trabajando y ella había estado leyendo... o fingiendo leer. No había hecho más que revivir el día anterior, avergonzándose cada vez un poco más cuando recordaba cada detalle de lo ocurrido.

¿De verdad había estado acariciándole mientras regresaban a la isla?

Se sonrojó. Jamás se lo perdonaría. Y jamás volvería a tocar el vino.

Rio se había comportado como un perfecto caballero. ¿Acaso era de extrañar? En su caso, al menos había representado a la perfección el papel de Cressida. Ese era su único consuelo.

Rio no había dicho ni una sola palabra y ella tampoco, aunque sentía curiosidad por lo que él pudiera estar haciendo y eso la distraía del libro.

Por fin, se lo colocó sobre el regazo y lo miró.

–¿Sí? –murmuró él sin levantar la mirada.

–Nada. ¿En qué estás trabajando?

Rio la miró por fin.

–Evaluaciones de ventas –respondió él mientras se retiraba un poco de la silla y estiraba los brazos por encima de la cabeza.

Tilly asintió, pero antes de que pudiera decir nada

más, un fuerte relámpago estalló por encima de sus cabezas, seguido inmediatamente del trueno más ensordecedor que había oído nunca. Los cristales de las ventanas temblaron y las luces comenzaron a parpadear antes de apagarse completamente. Todo quedó sumido en una espectral semioscuridad.

–¿Qué ha ocurrido? –murmuró ella poniéndose de pie instintivamente.

–Supongo que se ha fundido algún fusible del generador.

–¿Es algo que puedas arreglar?

–Claro –dijo él. Se levantó y se dirigió a la ventana para mirar hacia una esquina de la cabaña–. Voy a echar un vistazo.

Se puso unos zapatos y salió por la puerta principal. Tilly sintió curiosidad y le siguió, aunque se detuvo en el porche para poder observarle sin mojarse. Vio que la lluvia le caía con fuerza sobre la espalda. No tardó mucho en estar completamente empapado. La ropa se le pegó al cuerpo y el cabello se le aplastó contra la cara. No obstante, parecía moverse con seguridad mientras ponía a prueba los interruptores de una caja.

Entonces, sacudió la cabeza y miró hacia la casa.

–Es el generador –dijo él señalando una pequeña estructura que Tilly no había visto nunca–. Hay una llave en la cocina. ¿Te importa ir a por ella?

–Claro que no. ¿Dónde está?

–En el cajón de los cubiertos.

Ella asintió, fue a por la llave y regresó al porche, pero, en vez de lanzársela, bajó los escalones. A los pocos segundos estaba tan empapada como él.

–¿Qué estás haciendo? –preguntó él.

–Ayudarte.

–¡Vete dentro! No necesito ayuda.

Ella apretó los labios y se giró, pero no estaba dispuesta a entrar de nuevo en la casa. Se dirigió directamente a la estructura de madera que él había indicado.

—Está bien —dijo él—. Dado que estás aquí, sujeta la puerta cuando la abra.

Rio se agachó para abrir un candado y abrió la portezuela. Tilly la agarró, sujetándola con fuerza para que el viento no la arrancara. Rio se inclinó sobre la caja y comenzó a tocar varias cosas. Ella se preguntó cómo sabía lo que estaba haciendo. Tal vez no tenía ni idea y solo conseguiría romper el generador, con lo que se tendrían que marchar de la isla.

La idea la afectó de un modo extraño. No había querido ir allí, pero, sin embargo, después de cuatro días, no podía soportar la idea de marcharse.

Rio se volvió a poner de pie y cerró la puerta. Entonces, le indicó que iban a regresar a la casa.

—Está frito, puede que haya sido por el relámpago. Lo he reiniciado, con lo que con un poco de suerte volverá a funcionar dentro de unas horas.

—¿Y si no?

—Tendremos que estar aquí hasta que pase la tormenta. Tendremos que arreglárnoslas. Tenemos velas en el cuarto de baño. Y te tienes que secar.

—Tú también —replicó ella con voz beligerante.

—Estás temblando.

—Lo sé —admitió ella sin poder evitar que le castañetearan los dientes.

—Vamos, ve a secarte.

—¿Y qué vas a hacer tú?

—Comprobar el perímetro y asegurarme de que el tejado está bien.

—En ese caso, voy contigo.

—*Dio!* ¿Es que no puedes, ni por una sola vez, dejar de replicar a todo lo que te digo?

—¿Por dónde?

—¡No!

Rio abrió la puerta de la cabaña y esperó a que ella entrara, pero Tilly era una mujer muy testaruda, en especial cuando tenía razón. Y mucho más cuando estaba enamorada.

—Trabajaré mucho más rápido si no tengo que preocuparme de que te caigas o te golpees la cabeza.

Tilly lo miró fijamente y sintió que la ira empezaba a apoderarse de ella. Efectivamente, tenía cierta tendencia a los accidentes, pero Rio no tenía por qué recordárselo a cada instante.

—Quiero ayudar.

—En ese caso, ve al interior de la casa. Yo iré dentro de cinco minutos.

—A menos que me obligues físicamente, me voy a quedar contigo.

Rio murmuró algo que ella no pudo entender.

—¿Qué dices?

—¡Que no me tientes!

Resonó un fuerte trueno e hizo que la situación resultara aún más urgente. Rio pareció pensar que, en vez de discutir con ella, era mejor que tratara de resolver la situación. Sacudió la cabeza y echó a andar. Tilly le siguió a pesar de la fuerza con la que la lluvia le caía sobre la cabeza.

Rio estaba muy en forma. Tilly se maravillaba por la manera en la que él iba comprobando las ventanas y los desagües. Estaban a punto de completar la vuelta a la casa cuando él la fulminó con la mirada. Tilly no comprendió por qué, tal vez porque no se había dado cuenta de que estaba muy pálida y los dientes no paraban de castañetearle.

Rio se acercó a ella y le colocó una mano en la espalda para empujarla hacia la casa. Ella se volvió para mirarlo, pero Rio consiguió que guardara silencio tan solo con una mirada. Al menos, hasta que regresaron al porche de la casa.

—¿Qué es lo que te pasa? ¿Por qué estás enfadado conmigo? —le gritó ella.

—¿Enfadado contigo? —repitió él mientras abría la puerta—. ¿Crees que estoy enfadado contigo?

—¡Me estás gritando! —le espetó ella—. ¿Por qué?

—¡Por todo! —exclamó él mientras sacudía la cabeza y salpicaba de agua las paredes.

—Eso no es una respuesta. ¿Qué es lo que te pasa? Ya he... Ya te he dicho que sentía lo de ayer.

Rio cerró los ojos durante un instante y, cuando los abrió, ella se sintió como si Rio estuviera tratando de contenerse. En sus ojos había una tormenta que rugía tan intensamente como la del exterior. Él lanzó una maldición que resonó por toda la casa. Entonces, se acercó rápidamente a ella y la estrechó contra su cuerpo, aplastándola después contra la pared.

El beso tuvo la fuerza del mar. La lengua se deslizó entre los labios de Tilly, entrelazándose con la de ella.

—No estoy enfadado contigo, *cara* —musitó.

Aquellas palabras parecieron llegar desde muy lejos. Los sentidos de Tilly no fueron capaces de absorber nada más que la sensación que estaba atravesándole el cuerpo con una necesidad que jamás hubiera creído posible.

Trató de quitarle la ropa mojada, que se pegaba a su piel testarudamente. Tilly no dejaba de empujarle para sentir la cercanía de su cuerpo. Deseaba más. Deseaba mucho más.

Rio tuvo más éxito. Le rasgó el vestido para sacárselo por la cabeza tras interrumpir el beso el menor tiempo posible para poder deslizárselo por el rostro. La boca de Tilly lo buscaba, lo necesitaba. Odiaba su ausencia. Su pulso era aún más fuerte que la tormenta.

Rio le deslizó las manos por los costados y ella se echó a temblar.

–Tienes frío.

–No.

–Tienes la piel de gallina.

–No es de frío –replicó ella. Le levantó la camiseta y volvió a ponerse en contacto con su piel.

Aquel beso fue producto de la tensión que se había estado acumulando entre ellos desde que Tilly llegó a Prim'amore. Anhelo y deseo. Los envolvía y los tensaba, cambiándolo todo.

Tilly le enredó los dedos en el cabello y él gruñó, un sonido primitivo y gutural que expresaba todo lo que ella deseaba. Rio fue empujándola, guiándola, tirando de ella hasta que consiguió hacerla pasar por la puerta de su dormitorio, pero no se detuvo ahí. Siguió hasta que consiguió que ella cayera de espaldas sobre la cama.

La boca de Rio era exigente y ella se lo dio todo. Entonces, él se movió y comenzó a deslizarse por su cuerpo, apartándole el sujetador para poder introducirse un pezón en la boca. Lo torturó con la lengua incansablemente. El placer era tan intenso que resultaba casi insoportable. Tilly gritó. Sus manos necesitaban tocarle. Sentirle. Le levantó la camiseta y, por fin, Rio se la quitó. Tilly le deslizó las uñas por la espalda mientras él centraba su atención en el otro pecho. Ella arqueó la espalda y sintió cómo el placer le palpitaba en el abdomen.

–No estoy enfadado contigo –reiteró él.

Tilly tan solo pudo asentir. Las palabras le fallaban. Rio volvió a besarla, aquella vez muy dulcemente. Lenta y profundamente, como si pudiera saborearle el alma y quisiera venerarla.

Fue la sensación más erótica que Tilly había experimentado nunca.

–Rio... –susurró ella.

En el exterior, seguía lloviendo, pero ya no importaba. Tan solo escuchaban ya los rugidos de su propia necesidad. Rio se quitó los pantalones y, por fin, se quedó totalmente desnudo.

Era espectacular.

Tilly lo miró fijamente. Sus ojos no se cansaban de observar su desnudez. Su cuerpo lo necesitaba. Rio comprendía perfectamente aquella necesidad, porque lo estaba devorando vivo a él también.

Él se inclinó y comenzó a quitarle las braguitas, aunque en su caso lo hizo más lentamente, acariciándole suavemente las piernas mientras avanzaba. Piernas que temblaban de necesidad.

Impaciente, ella se apoyó sobre los codos, pero Rio se había vuelto a poner de pie y la observaba con tanto deseo que a Tilly se le sonrojó todo el cuerpo.

—Eres perfecta, Cressida.

El sentimiento era muy hermoso, pero a Tilly le dolía escuchar el nombre de otra mujer en sus labios.

—Llámame *cara* —susurró mientras forzaba una sonrisa—. Me gusta cuando lo haces.

—En ese caso, siempre te llamaré así... *cara.*

«¿Siempre?» A Tilly le gustaba cómo sonaba aquello.

—¿Estás segura?

Tilly asintió. Estaba segura. Completamente.

—Estupendo. Entonces, un momento.

Cuando regresó, tenía un preservativo en la mano.

—Casi se me había olvidado —dijo Tilly.

—A ti y a mí, a los dos —repuso él. Abrió el envoltorio y se le colocó. Entonces, volvió a tumbarse encima de ella—. Llevo deseándote desde el primer momento en el que te vi. Tienes un poder sobre mí...

Tilly sintió que se le hacía un nudo en el corazón. A ella le ocurría lo mismo. Pero se interponía entre ellos una mentira. Ella era una mentira.

Rio se había sentido decepcionado por una mujer en el pasado y lo último que Tilly quería era que esa traición los afectara a ellos. Su nombre no importaba.

Sacudió la cabeza y se convenció de que así era. Por supuesto que no importaba. Aquello no era una mentira. No importaba cuál fuera su nombre, o al menos el que Rio pensaba que era su nombre. Lo que había entre ambos no tenía nada que ver con un nombre. Era inevitable y era ellos.

El peso de su cuerpo era una delicia. La calidez de su cuerpo una maravilla. Rio la besó, dulcemente al principio y luego con desesperación mientras empezaba a hundirse en ella, lentamente, con mucho cuidado...

Esperar era una agonía. El cuerpo de Tilly ardía y solo él podía apagar las llamas. Arqueó la espalda y se levantó, invitándole sin palabras al interior de su cuerpo. Rio gruñó y se hundió dentro de ella más profundamente, tensándola, llegando hasta el centro de su ser.

Tilly gritó de éxtasis y echó la cabeza hacia atrás y comenzó a golpearla contra la pared de madera. Rio se incorporó muy preocupado, pero ella se echó a reír.

—Maldestra —susurró.

Tilly no sabía lo que significaba y no tuvo tiempo de preguntar. Rio le agarró las caderas y tiró de ella para volver a hundirse en su cuerpo, provocándole una fuerte sensación de placer que le recorrió todo el cuerpo.

Los murmullos llenaron la habitación. Era Tilly. No hacía más que pronunciar palabras indescifrables, simplemente porque necesitaba expresar lo que le estaba ocurriendo. Nunca antes se había sentido tan sorprendida ni tan asustada. Casi sentía demasiado placer.

Rio comenzó a besarla y a mover la lengua con el mismo ritmo que su cuerpo. Ella temblaba de placer, clavándole las uñas en la espalda. Se sentía flotando sobre la faz de la Tierra, volando, dirigiéndose al paraíso. Su cuerpo casi no podía contenerse para evitar dejarse llevar por el placer.

De repente, gritó y se aferró a Rio como si le fuera la vida en ello, pero ya nada podía detener la ola de gozo. La transportó hasta que se quedó sin fuerzas y sin aliento, pero el placer no se terminó, porque Rio siguió moviéndose, besándole los pechos, lamiéndole los pezones... Tilly gemía de placer.

Rio comenzó a moverse con más fuerza dentro de ella y Tilly comprendió que se acercaba una segunda ola. Sintió cómo se formaba, tan potente como la tormenta que rugía en el exterior. Echó la cabeza hacia atrás y dejó que él le besara el cuello y le mordiera suavemente la piel que ella había dejado expuesta. Por fin, capturó la boca de él y la besó con toda la pasión del mundo. Quiso borrar con besos las mentiras que ella le había dicho para que comprendiera.

Esa era ella. Ese era su «yo» real.

Le rodeó con las piernas para que él se hundiera más profundamente y gritó de placer. En el instante en el que el mundo comenzó a temblar debajo de ella, Rio entrelazó los dedos con los de ella y llevó las manos de ambos por encima de la cabeza de Tilly mientras los cuerpos de los dos ascendían juntos.

Aquello no era sexo. Ni hacer el amor. Era otra cosa, una experiencia única.

Tilly lo retuvo dentro de ella, abrazándose a él con firmeza. El torso de Rio se movía con la fuerza de su respiración. Entonces, acercó la cabeza a la de ella.

—La espera ha merecido la pena –dijo él con una sonrisa.

—Pues la espera ha sido bastante desesperante.

—Para los dos.

–Pero ayer... ayer dijiste que no me deseabas.

–No te deseaba tal y como estabas. No quería ser otro de los hombres que se habían aprovechado de ti.

Tilly cerró los ojos para tratar de ocultarse de él. La mentira de quién era estaba corroyéndola por dentro, pero él confundió el gesto con uno de vergüenza.

–No me importa con quién estuvieras antes de mí, pero no me gusta la idea de que estés borracha y que vayas pidiendo a los hombres que se acuesten contigo. No me gusta pensar que muchos hombres probablemente aceptarían. Sin embargo, yo no soy así. Lo único que me interesa es lo que está ocurriendo entre nosotros.

Tilly sintió que el corazón le daba un vuelco al escuchar unas palabras que significaban mucho para ella. Con resolución, ignoró las otras, las suposiciones que no hacían referencia alguna a Matilda Morgan, sino a Cressida.

–Estabas enfadado.

–Sí.

–¿Por qué?

–Porque, *carina maldestra*, no me gusta verte sufriendo. Ni húmeda, ni con frío. Ni en peligro. Es la primera vez que he mirado a una mujer y he querido...

–¿Qué?

–Protegerla –admitió él con una sonrisa.

Tilly sintió que se le hacía un nudo en el estómago. Trató de no leer entre líneas, pero le resultó imposible. Sonrió y sintió que la voz sonaba debilitada por la emoción cuando dijo:

–No tienes que protegerme.

–No. Estoy empezando a darme cuenta de que no eres tú la que está en peligro aquí.

Capítulo 9

NO SE está calmando –dijo ella mientras examinaba el cielo.

Rio estaba a espaldas de ella, abrazándole la cintura por encima de la sábana que ella se había colocado como si fuera una toga.

–No –susurró él mientras le besaba delicadamente el cuello.

Tilly se dio la vuelta entre sus brazos con una radiante sonrisa. Rio se inclinó sobre ella y volvió a besarla dulcemente, sonriendo.

–A mí me daban mucho miedo las tormentas –le confesó mientras deslizaba los dedos por debajo del elástico de los boxers que él llevaba puestos, gozando con el tacto del suave trasero y de poder tocarle así, tan íntimamente, sin ninguna restricción.

–Pueden dar mucho miedo.

–Sí, aunque creo que, después de esta, me van a empezar a gustar especialmente –comentó ella con una tímida sonrisa.

–Yo debería ir a ver cómo va el generador.

–¿De verdad?

–Sí. De verdad –afirmó él dando un paso atrás–. Debería haberse encendido ya. Podría ser un problema mayor del que yo había anticipado.

–Pero te volverás a empapar.

–Bueno, pero ahora ya sé cómo calentarme y secarme –señaló él mientras se dirigía hacia la puerta.

Tilly observó cómo se marchaba con un suspiro, pero antes de que llegara a la puerta, ella le llamó.

–Rio, ¿dónde están esos planos? Podría ir echándoles un vistazo.

Sin embargo, el rostro de él se ensombreció con algo que Tilly no pudo comprender.

–Por supuesto –dijo de todos modos.

Volvió hacia el interior de la cabaña y se dirigió hacia su dormitorio. Con curiosidad, ella se acercó a la puerta y se asomó. Vio que había un escritorio contra la pared que tenía un largo cajón. Rio sacó unas páginas y un trozo de papel amarillento que era más pequeño que el resto. Cuando se acercó, vio que este mostraba unos bocetos hechos a mano. Los otros, parecían haber sido preparados por un profesional.

–Gracias –dijo ella.

Con eso, Rio se dio la vuelta y se marchó. Tilly se dirigió hacia la cocina y colocó los dibujos sobre la mesa. Tardó varios minutos en comprender qué era lo que se había dibujado y en orientarse para imaginar los edificios que el arquitecto había pensado.

Eran maravillosos.

En vez de un hotel grande, el proyecto constaba de cabañas de uno o varios dormitorios. La playa se dividía en zonas para cada actividad. Al otro lado de la isla, el arquitecto había dibujado un edificio de diez plantas con una piscina que llegaba hasta la arena de la playa y, por supuesto, había un funicular que llevaba a lo alto del volcán, con un restaurante en lo más alto.

La puerta anunció el regreso de Rio.

–Son increíbles –dijo.

Rio gruñó a modo de afirmación y ella se volvió para mirarlo.

–Estás empapado.

–Sí...

Rio la miró fijamente y, tras levantar un dedo, lo movió indicándole que se acercara. Ella no lo dudó. Rio tiró de la sábana en la que ella estaba aún envuelta y la levantó para sentarla sobre la encimera de la cocina. Se le colocó entre las piernas y comenzó a besarla. Tilly le desabrochó los vaqueros y él se los quitó. Entonces, Rio le tiró de las piernas y ella se tumbó, gimiendo de placer cuando él la poseyó. No dejaba de acariciarla, torturándole la piel, gozando con sus pechos.

La poseyó con tanta pasión como si la vida de ambos dependiera de ello. Le agarró las caderas y la sujetó mientras se hundía en ella hasta lo más profundo de su ser. Entonces, le colocó la mano sobre la feminidad y comenzó a acariciarla mientras se movía dentro de ella. El cuerpo de Tilly temblaba con la potencia de su deseo.

Explotó de placer en el mismo instante en el que las luces cobraron vida. Le rodeó con las piernas y él alcanzó el orgasmo a la misma vez, susurrándole palabras en italiano. Tilly permaneció allí tumbada, mirando el techo, agotada del deseo y con el pulso acelerado. Miró y esperó a que la respiración le volviera a la normalidad.

—Ha vuelto la luz —dijo ella con una sonrisa.

—Sí. Eso parece.

Tilly se incorporó, pero no apartó las piernas de su cintura. Le rodeó el cuello con los brazos y le acarició suavemente el pelo de la nuca. Los labios de Rio buscaron los de ella, suaves, dulces y curiosos.

Tilly respiró profundamente oliéndole, saboreándole. Amándole.

—Esos planos son maravillosos —dijo apartándose de él lo justo para verle la cara—. ¿Los has mirado bien?

Rio apretó la mandíbula. En aquella ocasión, Tilly sí se percató del gesto.

No fue hasta una hora más tarde, después de que se hubieran duchado y puesto ropa seca, cuando Tilly comenzó a sospechar el porqué.

–Rio –comentó mientras observaba la hoja amarillenta–. Esto es una casa. No es un hotel.

Él estaba leyendo el libro que ella le había comprado.

–Sí. Aparentemente, se consideró esa opción.

–Es una casa preciosa, aunque muy diferente de esta cabaña –añadió Tilly. La casa tenía, efectivamente, tres plantas y unos tremendos ventanales para admirar el mar.

Rio la observaba como si presintiera que ella estaba a punto de descubrir algo, una cosa que llevaba guardando cuidadosamente toda su vida.

–Rio, ¿cómo se llamaba tu madre? Se llamaba Rosa, ¿verdad?

Ella miró otra página y vio el mismo nombre impreso nítidamente en una esquina.

Rosa Mastrangelo.

–Tu madre hizo estos planos –anunció mientras se acercaba a él y se sentaba en su regazo. Instintivamente, ella comprendió que aquello cambiaba las cosas. Había descubierto algo sobre lo que a él le resultaría difícil hablar–. Y fue tu padre el que te dejó esta isla... ¿Estoy en lo cierto?

La expresión del rostro de Rio revelaba muy poco, pero, por el modo en el que él tragó saliva, Tilly supuso que estaba en lo cierto.

–Hace un mes –admitió él.

Tilly se colocó sobre él a horcajadas, para poder mirarlo directamente a los ojos.

–Cuéntamelo todo.

–No hay mucho que contar. Por regla general, *cara*, nunca hablo mucho de él.

–Siento que tú y yo juntos rompemos todas las reglas. ¿Quién era?

Rio permaneció impasible.

–¿Acaso no confías en mí? –le preguntó mientras le acariciaba suavemente la mejilla con el dedo.

–Lo raro de todo esto es que sí. Por primera vez en mi vida, quiero confiar en alguien sobre este tema.

Un cálido sentimiento se extendió por el cuerpo de ella. Tilly esperó, disfrutando de la cercanía de su cuerpo mientras Rio trataba de encontrar las palabras.

–Mi padre era Piero Varelli –dijo. La miró, esperando que ella no tardara en comprender.

–¿El naviero? Estás diciendo que tu padre era millonario...

–Multimillonario –la corrigió él.

–¿Y os dejó a tu madre y a ti...?

–Supongo que ahora entenderás por qué no tengo tiempo para él.

–Por supuesto. Lo que no entiendo es cómo se negó a ayudaros.

–Cuando conoció a mi madre estaba casado –Rio suspiró con amargura–. La engañó porque a él le convenía o tal vez porque creía que la amaba. Sin embargo, no era así, al menos no lo suficiente para decirle la verdad y confesarle que estaba casado.

Tilly trató de mantener al margen su propio sentimiento de culpabilidad. Ya tendría tiempo de enfrentarse a él, pero aún no. Ella también le estaba mintiendo, estaba mintiéndole como su padre había hecho con su madre.

Pero lo suyo era muy diferente, ¿no?

–¿Y ella no lo sabía?

–Era joven y estaba enamorada. Mi padre era rico y carismático. Ella jamás había conocido a un hombre como él. No le resultó difícil perder el corazón. Aquí, en esta isla. Se pasó mucho tiempo con él recorriéndola tal y como has estado haciendo tú.

La historia parecía repetirse.

–¿Y se quedó embarazada?

–Sí. Fue entonces cuando él se ofreció a pagarle el aborto.

–Tu madre debió de disgustarse mucho.

–Supongo que sí, pero se centró en hacer una vida para nosotros.

–No comprendo por qué no le pasó una pensión. Y tampoco comprendo por qué tu madre dejó que él se saliera con la suya.

–Creo que ella sabía que podría haberlo conseguido, pero era muy orgullosa. Demasiado. Mi padre le dejó claro que no nos quería ni a ella ni a mí, por lo que prefirió no suplicar.

–Lo siento mucho, Rio.

Rio se encogió de hombros.

–Se puso en contacto conmigo hace unos cinco años, tratando de establecer una relación.

–¿Cómo se atrevió a hacer algo así después de tanto tiempo y de todo por lo que habías tenido que pasar tú? ¿Qué le dijiste?

–Exactamente eso. Su explicación me ayudó a comprender, supongo, aunque tan solo consiguió dejarme muy claro lo egoísta que él había sido.

–¿Y qué te dijo? ¿Cómo se explicó?

–Pues eso, que estaba casado –contestó él después de que Tilly le diera un beso en los labios–. Y que amaba mucho a su esposa. Carina, que así se llama ella, y él eran novios desde el instituto. Llevaban años tratando de tener un hijo y me dijo que eso les había pasado factura en su matrimonio. Entonces fue cuando conoció a mi madre y se sintió cautivado por ella.

Tilly se quedó en silencio, pero, en su interior, sentía una profunda ira contra el hombre egoísta que había engañado a Rosa para que tuviera una aventura con él.

—Y ella no sabía que estaba casado.

—No. No lo supo hasta que le dijo que se había quedado embarazada. Mi padre le contó lo que les pasaba a Carina y a él y le explicó que el hecho de que su mujer supiera que mi madre estaba embarazada sería devastador para ella. Mi madre terminó sintiendo pena por Carina. ¿Te lo puedes creer?

—Sí, ya me imagino la clase de mujer que era tu madre.

—Él le dijo a mi madre que jamás me reconocería y que no volvería a hablar con ella. Así fue ella la que se quedó destrozada en vez de su esposa.

—Es horrible. ¿Y dices que se puso en contacto contigo hace unos años?

—Sí. Terminaron por adoptar a un niño. Entonces, hace seis años, el hijo murió y un año después él dejó a Carina o ella le dejó a él, no sé. En ese momento, de repente, sintió el profundo deseo de conocerme a mí, a su hijo biológico.

—Debiste de sentirte...

—¿Furioso? Por supuesto, pero, para entonces, yo ya me había establecido. Tenía ya una fortuna y había aprendido a vivir sin mi madre y, evidentemente, sin mi padre. ¿Qué necesitaba yo de él, de un hombre que no había hecho más que hacerle sufrir a mi madre? No podía mirarlo a la cara sin ver el sufrimiento de mi madre, el modo en el que se había comportado cuando ella estaba enferma, debilitada por el cáncer y la quimioterapia. Yo no quería tener nada que ver con él. Nada. Y así se lo dije. En particular, no quería darle la satisfacción de reclamarme como hijo pródigo.

—¿Cómo murió su hijo?

—En un accidente. Había bebido y se chocó contra un árbol. Por suerte, él fue el único que falleció.

—¿Qué sentiste cuando conociste a tu padre? —preguntó ella horrorizada por lo que estaba escuchando.

–Nada.

–Y, sin embargo, ella lo amaba. Ese hombre forma parte de ti.

–No. Yo soy lo que soy por mi madre. No por él.

–¿Y dices que murió hace un mes?

–Sí, y me dejó Prim'amore.

–Supongo que le pareció que era lo menos que podía hacer.

–No lo sé. Creo que era un hombre egoísta y testarudo que quería asegurarse de que yo me enfrentaba a esto, le convenía que así fuera.

Tilly le acarició suavemente la mejilla.

–Su esposa debió de quedarse destrozada cuando él murió y se enteró de tu existencia.

–Sigue sin saberlo.

–Pero... tu padre te dejó Prim'amore.

–Y mucho dinero que no tocaré jamás.

–Pero cuando ella viera el testamento...

–Estaban divorciados. No fue a su entierro.

–¿Y fuiste tú?

–Sí –comentó él con una especie de desilusión en el rostro–. Sé que mi madre así lo habría querido. Sentí que así conseguía cerrar ese capítulo de mi vida.

–Lo siento mucho, Rio.

–No quiero que se sepa la relación que existe entre ese canalla y yo. Ya no. No serviría de nada que se hiciera público y ciertamente no quiero hacer daño a Carina.

–Por eso te estás dando tanta prisa en vender esta isla y por eso te ocupas de todo tú solo. Nada de agentes.

–Así es. Ya sabes cómo es la prensa. Tú mejor que nadie comprende a la perfección cómo se entrometen en asuntos que no les incumben. Yo quiero una venta rápida y privada. Solo tres personas saben algo de esto. Tu padre, tú y yo.

Y Cressida. Tilly sintió que el pánico se apoderaba de ella. Y hubiera querido decírselo a Cressida. La adrenalina se apoderó de ella. No se podía decir que la verdadera heredera fuera muy discreta y no tenía motivo alguno para sospechar que Rio quería que su vínculo con Prim'amore permaneciera secreto.

—Llevo aquí un mes. Vine a la isla después de la muerte de mi padre con la intención de quedarme tan solo un par de días.

—¿Y llevas aquí un mes?

Allí se sentía cerca de su madre y necesitaba tiempo para hacer las paces con el resentimiento que había ido acumulando a lo largo de los años y que terminaría por devorarlo si él se lo permitía.

Rio se encogió de hombros.

—Quiero vender esta isla lo más rápidamente posible. Tener algo que le perteneciera a él me parece una traición.

Tilly asintió, aunque en su interior no estaba segura de estar de acuerdo con él.

—Esta isla es... es parte de ti —dijo, tratando de expresar la extraña idea que se le estaba formando en su interior—. Ellos se enamoraron aquí. Te engendraron aquí.

—Puede ser, pero es demasiado tarde. Es un recordatorio del hombre débil y patético que era mi padre y, sin embargo, mi madre lo amaba. Lo amó durante toda su vida. Hasta el final de sus días.

La tristeza se apoderó de ambos. Cuando Rio volvió a tomar la palabra, lo hizo con nostalgia.

—Cuando mi madre me hablaba sobre él, sobre cómo se conocieron, decía que fue como si a ella la hubiera atropellado un camión. Decía que era la gravedad. Mi padre era la tierra y ella estaba flotando en el cielo hasta que de repente, ¡bam! Se conocieron y ella cayó al suelo.

Nunca lo comprendí. ¿Cómo pudo conocer a un hombre casado y enamorarse de él? ¿Cómo pudo ignorar el sentido común?

–Ella no sabía que existía Carina. Simplemente creyó que se había enamorado de un hombre.

–¿Cómo pudo amar una mentira?

Tilly tragó saliva.

–Para ella no lo era.

–No, para ella no, pero esa clase de sentimiento es completamente desconocido para mí. Al menos, lo era.

–¿Sí? –preguntó ella atónita. El corazón le latía con fuerza en el pecho.

–Umm –susurró él mientras comenzaba a acariciarla entre los muslos–. Hasta que te conocí, pensaba que el amor a primera vista era una mentira que se habían inventado en Hollywood.

Tilly sintió que se le hacía un nudo en la garganta. ¿Acababa Rio de decir que la amaba? ¿Que se estaba enamorando de ella? ¿Acaso no había estado ella sintiendo eso desde que lo vio por primera vez? ¿O acaso no había entendido bien?

–*Cara* –dijo él con determinación–, cuando decido que quiero algo, voy tras ello. ¿Sabes el tiempo que tardé en darme cuenta de que te deseaba a ti?

Tilly negó con la cabeza. No se atrevía a hablar.

–Minutos. Cuando te caíste al mar y te reíste. Estabas tan hermosa... Eras la mujer más hermosa que había visto en toda mi vida, pero eras mucho más que eso. Eras humilde.

La felicidad se apoderó de ella. Sin embargo, no podía olvidar la horrible verdad. Ella también se había enamorado de él, pero le había mentido. Cuando lo supiera, ¿sería capaz de perdonarla?

Ya sabía la respuesta. Había escuchado el modo en el que hablaba de Marina, aunque ella le había mentido fingiendo un embarazo. Seguramente, aquella era una traición mayor que la suya.

Sentía la necesidad de ser sincera con él, pero ¿qué pasaría entonces? ¿Podría contarle la verdad sin que se enterara Cressida nunca? ¿Y si Cressida se enteraba de la verdad? Tilly ya le había dado el dinero a su hermano. Su mentira había sido bien pagada.

—Es la primera vez que le digo a una mujer que la amo y obtengo el silencio por respuesta.

Tilly se echó a reír.

—Es que no me lo esperaba.

—Yo tampoco. No me esperaba nada de todo esto.

—Mira, está despejándose.

Tilly bostezó. Tenía la cabeza apoyada contra el hombro de Rio y él le acariciaba el cabello distraídamente. No era tarde, pero aquel día de inactividad en la cabaña la había dejado agotada. Sin embargo, la tormenta estaba disipándose por fin.

Rio se movió y le colocó la cabeza a Tilly sobre una almohada.

—Quédate aquí.

Ella no se atrevió a desobedecer. Su cuerpo estaba agotado después de que él le hubiera dado placer una y otra vez, por lo que cerró los ojos, aunque no se quedó dormida. Sin embargo, empezó a pensar de nuevo que ella no era quien él creía. ¿Cómo reaccionaría Rio si le revelaba la verdad?

Frunció el ceño. Ya no se imaginaba la vida fuera de aquella isla. Tal y como había dicho en tono de broma el primer día que llegó a la isla, parecía que los dos fueran las únicas personas sobre la Tierra y así era precisamente como se sentía después de unos días a solas con Rio.

–Estoy listo –dijo él de repente.

Tilly parpadeó y abrió los ojos.

–¿Para qué?

–Ven conmigo.

Ella lo siguió hasta la puerta y bajó los escalones del porche. La arena estaba fría, pero no le importaba. Vio unas velas sobre la arena y, en medio, una improvisada cama.

–¿Tú has hecho esto?

Rio entrelazó los dedos con los suyos y se llevó la mano de Tilly a los labios. Entonces, se dirigieron hasta la manta.

–Estoy segura de que debes de estar teniendo dudas sobre la venta.

–No –afirmó él mirando al mar.

–¿Aunque fuera aquí donde se enamoraron? –murmuró ella. Le entristecía que él fuera a deshacerse de aquel vínculo para siempre.

–Su amor la rompió.

–No, fue el cáncer.

–Lo sé –admitió él mientras caminaban abrazados–. Cuando ella se estaba muriendo, al final, hablaba de él casi más de lo que me hablaba a mí. Él ocupaba un lugar muy importante en su corazón y en su mente. Jamás podré perdonarle por eso. Además, engañó a su esposa. Error número uno. No se debe engañar ni mentir nunca. Dejó a mi madre embarazada y sola y no se preocupó nunca de comprobar si los dos estábamos bien.

Rio se aclaró la garganta. Ya casi habían llegado a la manta.

–Yo tenía veinte años cuando gané mi primer millón. Si ella hubiera conseguido vivir unos años más, podría haberle dado comodidad y seguridad.

Tilly sentía un fuerte nudo en el estómago.

–Creo... creo que ella quería que fueras feliz, inteligente y valiente, y lo eres. Creo que fuiste el mayor regalo de su vida.

Rio sonrió. Entonces, le indicó la manta y Tilly se sentó.

—Siento mucho por todo lo que has tenido que pasar.

Rio se encogió de hombros.

—No creo que tu infancia haya sido tampoco un paseo por el parque.

Tilly pensó en Cressida y en Art y eso la confundió. Art adoraba a Cressida. Tilly lo sabía, pero él no la comprendía. Y Cressida no era la clase de hija con la que el empresario supiera trabajar. Cressida nunca iba a ponerse al frente de la empresa de su padre. No quería. Quería vivir su propia vida, con todos los lujos con los que la mayoría de la gente solo podía soñar. Sin embargo, eso no era culpa de Cressida. Era producto de su educación.

Por suerte, ella había nacido en la familia Morgan y, a pesar del estrés que le proporcionaba Jack, podía sentirse afortunada. Todos se querían y se apoyaban los unos a los otros.

—No creo que tenga derecho a quejarme —comentó.

—¿Por qué no?

—Nunca me ha faltado de nada. Mi familia es idílica comparada con la tuya. No te ofendas.

—No me ofendo —dijo él mientras le acariciaba el cabello.

Tilly miró a su alrededor. Se sentía protegida y plena entre los brazos de Rio, rodeada por la luz de las velas.

—¿Por qué has hecho esto?

—Nunca he conocido a una mujer como tú. La mayoría de las mujeres con las que me he acostado solo han servido para una cosa. Nunca quise saber lo que movía sus corazones o sus mentes —dijo mientras le acariciaba los hombros—. Contigo, quiero saberlo todo y quiero verlo todo. ¿Se pone el sol tras una tormenta? Quiero compartirlo contigo y solo contigo. Quiero sentir tus pensamientos, *cara*. No sé si podré volver a ver una puesta de sol sin saber que tú la verás conmigo.

Capítulo 10

EL SONIDO de un motor rompió su soledad. Tilly se dio la vuelta en el agua para mirar al horizonte y frunció el ceño cuando vio que un bote se acercaba a la costa. Tardó un instante en darse cuenta de que era la misma lancha fueraborda que la llevó a la isla, hacía ya casi una semana.

—Rafaelo —murmuró Rio, que estaba a su lado.

Rio salió del agua. No había derecho a que fuera tan guapo. De anchos hombros, fuerte, bronceado... Sin saber por qué, Tilly se sentía como si estuviera en una montaña rusa que había ido ganando velocidad y que se encontraba en el último descenso.

Vio cómo él se dirigía al bote y comenzaba a hablar con el anciano. Echó la cabeza atrás y se rio con fuerza. Entonces, señaló a Tilly y volvió a echarse a reír. Estaban demasiado lejos para que ella pudiera escuchar de lo que estaban hablando, pero, cuando Rafaelo señaló el generador, lo comprendió por fin.

Rafaelo se marchó por fin y Rio regresó junto a Tilly, cortando el agua con sus fuertes piernas. Le dio un vuelco el corazón. No quería marcharse de su lado. Nunca. Sin embargo, era inevitable. A menos que... a menos que pudiera encontrar la manera de decirle la verdad. Primero, tendría que hablar con Cressida y luego tendría que asegurarse de que Rio comprendiera por qué se había dejado llevar por aquella farsa. Tenía que comprender que Tilly jamás había tenido la intención de engañarle.

—Rafaelo quería ver cómo nos había ido con la tormenta —dijo Rio mientras abrazaba a Tilly por debajo del agua y ella le rodeaba la cintura con las piernas—. Va a ir a Capri a por suministros y nos los traerá luego más tarde.

—¿Vive él en Capri?

—Sí. Se ha ocupado de la isla durante mucho tiempo.

—¿Conoció a tu padre?

—Y a mi madre.

—¿De verdad?

—Es de la misma edad que ella tendría. Cuando mi madre vino a la isla, él la ayudó bastante. Viene una vez al mes para ocuparse de que todo esté bien, dado que hace mucho tiempo desde la última vez que vino mi padre. El generador, la moto...

—¿Qué le parece a él que la vayas a vender?

La risa de Rio fue inesperada.

—¿Qué pasa? ¿Qué es lo que te hace tanta gracia?

—Es que no se me había ocurrido preguntarle a Rafaelo su asesoramiento emocional sobre lo que hago yo con mis propiedades.

Tilly se sonrojó.

—¿No te parece razonable?

—¿Acaso crees que si se muestra disgustado debería quedármela? Además, creo que tu padre se sentiría bastante molesto si yo me echara atrás ahora. Convierto a su hija en mi amante y luego reniego de un trato que está prácticamente cerrado.

Tilly sintió un escalofrío en la espalda. Había algo en el modo en el que él había hablado que decía mucho más que las palabras individualmente. Creaba la impresión de futuro. Un futuro casi imposible, pero que ella podía vislumbrar, aunque era tan lejano para ella como tratar de atrapar la lluvia con las manos.

Aquello no iba a funcionar. No podría ser más de

una semana, a menos que pudiera arreglar de algún modo la situación con Cressida. E incluso entonces, ¿y si Rio no la perdonaba?

–No me hiciste tu amante –señaló–. Fue algo mutuo.

Tilly estaba distraída, así que cuando él la besó fue como su primer beso, pero mejor aún. Porque él la amaba y ella lo amaba a él y aquel beso lo representaba perfectamente.

–Soy adicto a ti –gruñó él contra el cuello de Tilly antes de lamerle la piel.

–Eso también es mutuo.

El mar lamía tranquilamente la orilla y el sol calentaba desde el cielo. El aire olía a sal y Rio estaba a su lado. Trabajando, pero a su lado, justo donde ella lo necesitaba.

Tilly estaba agotada y no era de extrañar. Había dormido poco porque Rio y ella se pasaban las noches haciendo el amor. Le dolía el cuerpo por todas partes, pero resultaba una molestia deliciosa. Se estiró un poco, suspirando y dejando que los ojos se le cerraran porque el sueño empezaba a reclamarla.

Estaba casi dormida cuando se oyó el sonido de un motor que rompía aquel momento perfecto.

–Rafaelo –murmuró él–. Quédate aquí. Estás demasiado perfecta y quiero verte siempre así –añadió.

Le dio un beso y luego se puso de pie con un movimiento atlético que ella no pudo dejar de admirar.

–Vamos a ir a comprobar los daños del generador. No deberíamos tardar más de una hora.

–¿Una hora? –protestó ella. Rio se echó a reír.

–Está bien. Media hora –se corrigió él antes de echar a correr en dirección al bote.

Tilly observó, sin ocultar su interés, cómo él sacaba

una caja del bote y la llevaba en dirección a la cabaña. Se puso en pie de mala gana. Aún estaba cansada, pero un nuevo plan había dado brío a sus movimientos.

—¿Te importa si compruebo mi correo electrónico? —le dijo en voz muy alta mientras se dirigía también a la cabaña.

Llegaron a la vez al porche.

—No, claro que no —dijo él mientras abría la puerta y la sujetaba con el pie para que ella pudiera entrar la primera en la casa

—¿Qué hay en la caja? —le preguntó Tilly.

—Alimentos, pilas, velas y periódicos. Ya estamos preparados para otro apagón.

Rio colocó la caja sobre la mesa de la cocina y fue a su ordenador. Lo abrió y lo conectó a Internet. Al incorporarse, la miró. Estaba tan hermosa... tan diferente a las fotografías que había visto de ella en la prensa. En la isla, tenía un aspecto radiante, aunque natural, con el pelo brillante y la piel fresca y sin maquillar. Le dio un beso en la punta de la nariz.

—No tardaré mucho.

Ella observó cómo se dirigía hacia la puerta. De repente, se volvió y le dijo:

—*Cara,* no te vayas mañana.

—¿Cómo has dicho?

—Que no te vayas todavía.

Ella se mordió el labio inferior y sintió que los ojos se le llenaban de lágrimas.

—Rafaelo te está esperando —dijo con la voz entrecortada.

—Sí, *lo so* y, sin embargo, tenemos que hablar de esto.

—Lo haremos, pero ahora no.

Antes, tenía que enviar un correo electrónico a Cressida.

Rio se marchó tras dedicarle una sonrisa desde la

puerta. Cuando se quedó sola, Tilly se preparó un café y fue al ordenador. Comprobó que su bandeja de entrada estaba llena. Se ocupó primero de los correos de trabajo y luego entró en Messenger y buscó el perfil de Cressida. Entonces, le envió un mensaje.

Hola, espero que te lo estés pasando bien. Algo ha ocurrido aquí y...

¿Y qué? «¿Ya no puedo mantener tu secreto, el secreto por el que me pagaste treinta mil libras?». Borró el mensaje.

Hola Cressida, soy Tilly...

Ese era aún peor. No hacía falta que le dijera quién le enviaba el mensaje. Lo borró también y tomó un buen sorbo de café.

Cressida, tenemos que hablar.

Dudó durante un instante y lo envió. Se mordió el labio inferior y había vuelto a sus correos cuando una señal le indicó que había recibido un nuevo mensaje.

Contuvo el aliento. Volvió a Messenger y vio que Cressida estaba conectada y que estaba escribiendo. Los puntitos se movían frenéticamente mientras Tilly esperaba con impaciencia.

Por fin aparecieron las palabras.

¡Hola, guapa! ¿Qué es lo que pasa? Espero que te lo estés pasando genial. Yo sí. ¡Eres un cielo por hacerme este favor! Estoy en deuda contigo. xxxxxxxx

Tilly no tardó mucho en escribir su respuesta. Trató de encontrar las palabras adecuadas. Decidió tantear el terreno con una mentira piadosa.

No me des las gracias todavía. Creo que Rio sospecha algo.

La respuesta fue inmediata.

¿Hablas en serio?

Tilly suspiró y volvió a escribir.

Sí. ¿Sabías que iba a ser él quien me enseñara la isla durante toda la semana?

Cressida tardó en responder. Tilly sospechó que estaba tratando de encontrar la manera de decirle por qué no había sido sincera sobre eso.

Ahora que lo mencionas, creo que mi padre me dijo que podría ser así. Algo sobre que él no quería que la gente supiera que vendía la isla.

Tilly apretó los dientes.

Me lo podrías haber dicho. Estamos compartiendo una pequeña cabaña...

Cressida le envió el emoticono de la carita sonriente, lo que hizo que Tilly se sintiera aún más molesta.
No es gracioso.
Tilly añadió un emoticono para explicar mejor cómo se sentía.

¡LOL! Lo siento. Me imagino a la señorita Gazmoña pasando una semana en una maravillosa isla con un hombre tan espectacular. Una oportunidad perdida. Tal vez debería haber ido yo...

Tilly se sentía cada vez más enfadada. Empezó a escribir, dispuesta a contarle a Cressida toda la verdad, pero decidió no hacerlo. Era inútil. Estaba entre la espada y la pared. Si le decía a Cressida que se había enamorado de Rio, ella podría contárselo a todo el mundo. Tilly no quería que fuera así.

Sin embargo... Cressida estaba tan atada por el silencio como ella. ¿Cómo podría contarle a todo el mundo lo que había entre Rio y Tilly sin aceptar su propia parte de culpa en lo ocurrido y, por lo tanto, su engaño?

Lo que pasa es que me gusta. Y quiero volver a verlo.

Se produjo una pausa. Un largo silencio.

No.

¿Qué quieres decir con «no»?

Los puntos empezaron de nuevo a bailar en la pantalla. Tilly esperó mordiéndose un dedo.

Parte de nuestro trato es que no se lo digas a nadie. Para eso te pagué. ¿De qué me sirve tener una doble si no puedo confiar en ti?

Tilly cerró los ojos. Treinta mil libras. El dinero que le había dado a Jack para que salvara la vida.

¿Podríamos encontrar la manera de solucionarlo?

¿Y qué sugieres? Si se lo dices a él, se lo dirá a papá. Eso no fue lo que acordamos.

Tilly se secó las lágrimas de los ojos.

Voy a volver a verlo.

Silencio. Tilly permaneció mirando la pantalla, pero Cressida no estaba escribiendo nada. Por fin, empezó a hacerlo.

Si se lo dices a Rio, se lo diré a papá. Y no solo esto. Le contaré todos los trabajos que has hecho para mí. Estoy segura de que le fascinará escuchar que su adorada asistente personal lleva años mintiéndole.

Tilly se sonrojó.

Vamos, Cressida. No estoy tratando de hacerte daño. Creo que Rio no se lo contaría a nadie.

Esperó. Su cuerpo irradiaba tensión.

Es tu decisión, pero, si se lo dices, no te olvides de devolverme mis treinta mil pavos.

Tilly leyó las palabras y recordó el rostro agradecido de Jack cuando ella le entregó el cheque. Menudo lío.

Tengo que dejarte. Recuerda, Tilly, que tienes tanto que perder como yo en este asunto.

Cressida cerró su Messenger. Tilly permaneció mirando a la pantalla mientras volvía a leer la conversación con desesperación.

Tenía que decírselo a Rio.

Seguramente, podría conseguir un crédito por esa cantidad y pagarle a Cressida. Sin embargo, la lealtad formaba parte de su ser. No era culpa de Cressida que Tilly se hubiera enamorado de Rio. Cressida tenía todo el derecho del mundo a exigir que se cumpliera el acuerdo. Se había comportado como un animal acorralado, pero Tilly no podía culparla.

Cerró el Messenger y su cuenta de correo electrónico y apagó el ordenador. Se había terminado el café, pero seguía cansada. Aparte del agotamiento físico, estaba el mental. Había estado pensando en el problema una y otra vez y seguía sin encontrar respuesta. Nada.

De lo único sobre lo que estaba segura era de que tenía que decírselo a Rio. De algún modo, tenía que hacerle comprender que había sido algo inocente. No había tenido intención de engañarle ni quería seguir haciéndolo ni un minuto más.

Rio estuvo con Rafaelo más de la media hora que habían pactado. Pasó una hora y media. Tilly estaba a punto de salir a buscarlo cuando él apareció en la puerta. Estaba cubierto de sudor y de suciedad.

—Hola —dijo ella con tristeza y desesperación. Nada le importaba más que sincerarse con él.

—Hola.

—¿Todo bien?

—Unos cuantos árboles caídos, piedras... Nada importante. El sendero está bloqueado, así que se han terminado las visitas al volcán para ti. Estás muy pálida.

—Estoy muy cansada —mintió, obligándose a sonreír.

Rio la miró durante unos instantes y se encogió de hombros.

—Me muero de hambre. Me podría comer un caballo —dijo mientras abría la puerta del frigorífico y miraba dentro.

Tilly se acercó a él.

—Rio...

Él sacó una bandeja que no habían terminado la noche anterior y que seguía llena de aceitunas, queso, uvas y *grissini*.

—¿Sí, *cara*?

—Tengo que hablarte sobre algo.

Rio colocó la bandeja entre ambos y empezó a retirar el plástico.

—Tú dirás.

—Yo...

No tardó en descubrir que era incapaz de pronunciar las palabras que tenía que decir.

—Tengo que regresar como había planeado —dijo aclarándose la garganta.

Se dio la vuelta para que él no notara la tensión de

su rostro y se puso a mirar por la ventana. Rio le rodeó la cintura con los brazos, unos brazos que le proporcionaban delirio y desesperación a la vez.

—En ese caso, iré contigo —anunció

Tilly se aferró durante un segundo a esa promesa. Sin embargo, solo pudo ser así durante un segundo. La realidad hacía que eso fuera imposible. Si regresaban a Londres, él no tardaría en darse cuenta de que ella no era Cressida y el secreto quedaría al descubierto.

Tilly sonrió débilmente. Rio le dio la vuelta entre sus brazos y la besó, primero en los labios y luego en la sien. La besó como si comprendiera que estaba destrozada en aquellos momentos y quisiera ayudarla a recomponerse.

—*Ti amo* —dijo suavemente mientras la levantaba y la estrechaba contra su pecho.

La llevó así hasta su cama, donde la tumbó con la misma reverencia con la que la había besado.

La besó de nuevo y le deslizó las manos por debajo del vestido. Lentamente, le bajó las braguitas y las dejó caer al suelo.

—Sea lo que sea lo que te preocupa, yo lo arreglaré —prometió. Se arrodilló a sus pies y le besó los tobillos, deslizándole la lengua por el hueso antes de empezar a subir por la pierna, llegar hasta la parte posterior de la rodilla y seguir hasta la zona más sensible de entre los muslos.

Tilly gimió de placer cuando la lengua de él entró en contacto con su feminidad, estimulándola y volviéndola loca de placer. Rio le agarró los muslos para separarle las piernas y tener más fácil acceso a su intimidad.

Tilly se echó a temblar.

El poder de los sentimientos y el deseo que Rio despertaba en ella la dejaba sin poder alguno y, al mismo tiempo, empoderada. Ella levantó las caderas y él la besó un poco más arriba, trazando una línea hasta el ombligo. Al mismo tiempo, Rio agarró el vestido y se lo fue levantando a medida que avanzaba.

De repente, se apartó de su lado. Ella gruñó y sintió que le resultaba imposible vivir sin su cercanía y sus caricias. Vio que tan solo se había ido a quitarse los pantalones y gimió de alegría. Él la buscó una vez más con la boca, dejando que la lengua le susurrara entre los pliegues. Tilly no tardó en sentirse a punto de estallar.

–¡Rio! –gritó mientras temblaba sobre la cama al sentir un poderoso orgasmo. Le enredó los dedos en el cabello y tiró de él–. Nunca quiero parar de hacer esto –murmuró, casi sin ser consciente de lo que estaba diciendo.

–No lo haremos –afirmó él. Le separó una vez más las piernas para poder penetrarla y hacerla suya. Y Tilly era suya. Totalmente.

Desde el instante en el que la penetró, Tilly supo que encontraría la manera de solucionar aquello sin hacer daño a Cressida, sin romper sus promesas y sin perder a Rio. Tendría que haber algo de magia en alguna parte que la ayudara. Solo tenía que encontrarla.

Las manos de Rio estaban ásperas. La acariciaban por todas partes mientras él le iba levantando el vestido hasta que, por fin, dejó al descubierto los pechos y empezó a acariciarlos. Gruñía de placer mientras los masajeaba, encontrando sus zonas más sensibles sin dejar de moverse dentro de ella.

Tilly se sentía completamente a su merced. Arqueó la espalda y levantó las piernas. Rio se las sujetó así, en aquella posición. Le mordisqueó las pantorrillas mientras ella gemía de placer.

Era un tormento muy sensual. Tilly era una prisionera sometida y lo sería para siempre.

Sintió que la presión se acrecentaba. Era una presa a punto de estallar. Ya no podía contenerse ni quería hacerlo. Agarró a Rio por los hombros y se dejó llevar. El cuerpo de él se movía al unísono con el de ella. El placer los poseía a ambos.

Sus jadeos se hacían eco en la habitación. Por fin, el placer. El clímax. El alivio.

Tilly abrazó a Rio y le acarició suavemente la mejilla con la suya. Allí era donde debía estar. Entre los brazos de Rio.

Tilly no sabía cuánto tiempo había pasado. Solo que estuvieron juntos, con los cuerpos entrelazados hasta que él habló.

—Estuve fuera con Rafaelo mucho tiempo —dijo—. Estuve a punto de darle un puñetazo cuando me sugirió que fuéramos a inspeccionar los senderos

—Estás perdonado —replicó ella con una sonrisa en los labios.

—Me alegro. ¿Quieres venir a ver las cuevas?

—¿Las cuevas? Sí, claro —contestó, recordando que él le había prometido llevarla—. Me parece una idea genial.

Decidió que encontraría la manera de decirle a Rio la verdad. Mientras tanto, ¿qué mal hacía disfrutando cada minuto que le quedara en la isla?

Las cuevas fueron tan maravillosas como ella se había imaginado. Nadar en ellas con Rio fue una experiencia que no olvidaría jamás. Sin embargo, cada vez se sentía más nerviosa y buscaba a cada momento la manera de confesarle la verdad.

Aquella noche, se quedó dormida con el secreto en el corazón y el brazo de Rio alrededor de su cuerpo. Se quedó dormida sin respuestas y con muy poca esperanza.

Capítulo 11

POR QUÉ no pasamos ahora unos días en Arketà? –sugirió Rio mientras hojeaba el periódico.

—Bueno, ya te he dicho que tengo que regresar. Tengo asuntos pendientes.

—¿Qué asuntos?

—Cosas. No se trata de nada de importancia –mintió ella.

—En ese caso, cancélalo –insistió él mientras la miraba muy fijamente–. Haré que mi avión vaya a recogerte.

Aquel detalle marcaba la diferencia entre ellos. Rio era muy rico y ella no. Tilly no era nada de lo que él pensaba. En circunstancias normales, sus caminos jamás se habrían cruzado y nunca se habrían convertido en amantes. Él se estaba acostando con Cressida, no con Matilda. Cressida era la clase de mujer con la que él solía salir y no ella.

Sintió un profundo dolor en el corazón.

—A excepción de Marina, ¿has tenido alguna otra relación seria? –preguntó ella sin mirarlo a los ojos.

—He salido con muchas mujeres. ¿Por qué lo preguntas?

—Solo es... ¿Soy tu tipo?

—No sé si se puede decir que yo tenga un tipo concreto de mujer.

—Pero dime... ¿sueles salir con mujeres como yo? ¿Mujeres de dinero y que se mueven en los mismos círculos que tú?

—Que nosotros —la corrigió Rio sin darse cuenta de lo mucho que dolió a Tilly aquel detalle—. Sí, naturalmente.

—¿Por qué naturalmente?

—¿A qué viene esto, Cressida?

—Tan solo estoy tratando de comprenderte mejor.

—Nunca he tenido una relación seria. He salido con muchas mujeres

—¿Con eso quieres decir que te has acostado con ellas?

—Sí, claro. Principalmente salgo con ellas por el sexo. Yo nunca miento sobre mis intenciones, si es eso lo que te preocupa.

—¿Y has salido alguna vez con alguien que no tuviera tanto dinero como tú?

Rio se echó a reír. Aparentemente, aquella pregunta le resultaba ridícula.

—No le pido a nadie que me enseñe las cuentas que tiene antes de entrar en mi dormitorio. No entiendo por qué me estás preguntando esto ahora.

—Solo estoy tratando de comprenderte, eso es todo.

Rio volvió a tomar el periódico.

—No me resulta fácil confiar. Marina me enseñó bien. No quiero acostarme con mujeres que pudieran tener otros motivos.

—¿Solo las que utilizas para el sexo?

—¿Por qué estás tan enfadada? Tengo sexo ocasional con mujeres, sí, y generalmente tienen dinero. ¿Y qué? ¿Qué importa?

—Claro que importa.

—Está bien. Si quieres discutir de nuestra vida sexual, hablemos de la tuya. Tú no pareces ejercer distinción alguna sobre los hombres con los que te acuestas. ¿Acaso es eso mejor que lo que hago yo?

La ira se apoderó de ella. Se puso de pie con furia. Mientras tanto, Rio la observaba con desesperación. Lanzó una maldición en italiano y miró fijamente a Tilly mientras ella trataba de controlar las lágrimas. Se sentía como un idiota de primera clase.

Ella había estado buscando que la tranquilizara, que le dijera que era alguien especial y, sin embargo, él le había hecho sentirse como la última de una larga fila de amantes ricas. Además, poco más o menos había ido a decir que era una fulana

—¿Cómo te atreves?

—Tú no eres como las mujeres con las que he estado hasta ahora, eso ya te lo he dicho. No me importa ni el dinero ni el estatus. Me he enamorado de ti, Cressida. De ti. La última mujer con la que yo hubiera esperado tener algo en común. Tú te has ganado mi corazón.

Ella lloraba aún más. Rio no lo entendía.

—Por favor, te ruego que no llores, no quiero discutir contigo.

Tilly trató de tranquilizarse y asintió. No obstante, el futuro por el que ella tenía tantas esperanzas, parecía estar escapándosele entre los dedos.

Rio volvió a centrar la atención en el periódico y fingió leer. Algo preocupaba a Cressida, algo que no comprendía y con lo que ciertamente no podría ayudarla a menos que ella decidiera confiar en él.

Pasó una página y se quedó helado al ver a su hermosa amante ante él, con la cabeza agachada, gafas oscuras y tapándose el rostro. Iba de la mano con un hombre rubio que llevaba un anillo atravesándole la nariz.

—¿Te importaría explicarme cómo puede ser que estés en dos sitios al mismo tiempo? —le preguntó a ella.

Tilly se quedó atónita. Miró a los ojos a Rio llena de

confusión y leyó la página que él le mostraba. Incluso al revés, pudo leer el titular.

¡LA HEREDERA SE CASA CON SU AMANTE!
¡CEREMONIA SECRETA!
¡AQUÍ TODOS LOS DETALLES!

Tilly se agarró a la mesa para tratar de encontrar la fortaleza que le hacía falta antes de examinar el artículo. La prensa siempre estaba inventando historias escandalosas sobre Cressida, así que seguramente aquella era una más. No podía ser cierto.

Miró la mano de Cressida y, efectivamente, vio que ella llevaba un enorme diamante en el dedo. ¿Se había casado con él? ¿Con Ewan Rieu-Bailee, con el que había empezado una relación a principios de verano?

–Esa no soy yo.

–Evidentemente –dijo él con sarcasmo.

–Se ha casado con él...

Tilly pensó en la conversación que había tenido con Cressida. Ella le había dicho que tenía una boda a la que asistir y que su padre jamás lo aprobaría. ¿Había estado hablando de su propia boda?

Inmediatamente, pensó en Art Wyndham y en lo furioso que estaría en aquellos momentos. Y Tilly, sin saberlo, había formado parte de todo aquello. Jamás hubiera hecho daño conscientemente a su jefe, porque le adoraba. Sin embargo, había sido un instrumento crucial en todo aquello al permitirle a Cressida que pudiera marcharse para casarse sin que nadie se enterara.

–Dios... no tenía ni idea.

–Tú no eres Cressida Wyndham. ¿Quién eres entonces?

–Yo... –susurró Tilly. Sentía que el mundo se estaba empezando a derrumbar a su alrededor.

–¿Quién eres tú? –insistió él.

–Yo... –susurró ella mientras se agarraba a la mesa para ponerse de pie–. Yo soy la misma persona de la que te enamoraste. Lo único diferente es mi nombre. Eso es todo.

–Me has estado mintiendo. Has estado en mi cama, entre mis brazos y no sé nada sobre ti.

–Lo sabes todo sobre mí. No me llamo Cressida, pero sigo siendo la misma. Me llamo Tilly. Matilda. Y trabajo para Art Wyndham.

–¿Fue todo esto idea de Art? ¿Por qué te mandó aquí? ¿Acaso esperaba que yo le bajara el precio si tú me lo pedías?

–¡No, no! Él no lo sabe. Me lo pidió Cressida. Nos parecemos mucho... ya lo has visto.

Rio miró la fotografía. Efectivamente, la mujer tenía un largo cabello rojizo, como Cressida. No, Matilda. Y la misma piel, pero también había miles de diferencias.

–Me has mentido.

–Sí, pero cuando accedí a hacer esto ni siquiera te conocía.

–Ahora ya me conoces –susurró él con una triste sonrisa–. ¿Por qué?

Tilly miró el periódico y, de repente, le dio la sensación de que Cressida la había traicionado a ella también. Cressida la había utilizado. Tilly la había ayudado a hacer algo sin saber en lo que se estaba metiendo. Aquel matrimonio iba a ser un desastre. Él ya había engañado a Cressida públicamente. No era un buen hombre.

–¿Y bien, Matilda? –le preguntó él. Había pronunciado su verdadero nombre por primera vez, pero no tal y como ella había soñado, sino con ira y desprecio.

Como la noticia había aparecido en los periódicos, Tilly ya no se sentía vinculada por su promesa. La idea de que Cressida la hubiera utilizado para poder casarse con un hombre despreciable, hacía que Tilly se sintiera sucia y mercenaria. Así era como Rio la estaba haciendo sentirse. ¿Qué opinión tendría de ella cuando supiera que, además, había cobrado por hacer su trabajo?

No obstante, tenía que decirle la verdad. Rio había dicho que la amaba. Eso significaba que la amaba a toda ella. ¿Qué importancia podía tener un nombre?

—El nombre que yo tenga no cambia lo que somos —dijo acercándose a él para colocarle las manos en el torso—. Te mentí sobre mi nombre, pero sobre nada más. Nada más.

De repente, Rio la besó con feroz intensidad. La agarró por los hombros, enredándole después los dedos en el cabello. Tilly experimentó un alivio que jamás hubiera imaginado. Todo iba a salir bien.

Ella le devolvió el beso y le levantó la camiseta para poder acariciarle la piel del abdomen. Rio le acarició los costados y ella apretó las caderas contra las de él. Lo necesitaba. Necesitaba recordarle lo que compartían. Las bocas se chocaban con fiereza, ira y desesperación. La boca de Rio exigía y ella se lo daba todo, tratando de explicarle con aquel beso que ella seguía siendo la misma mujer que amaba.

Rio lanzó una maldición y la levantó. Se enganchó las piernas de Tilly alrededor de las caderas y la empujó contra la pared. La mantuvo cautiva con su peso.

—Te amo —le prometió a través de sus besos y de sus lágrimas.

Entonces, él la apartó de la pared para llevarla a su dormitorio, el mismo en el que ella se había despertado aquella mañana sintiendo que todo estaba bien en el mundo. Con el rostro lleno de incredulidad, él la tumbó sobre la cama. Estaba enfadado, pero aquello era lo que Tilly necesitaba y lo comprendía. Al menos, Rio seguía deseándola porque, en lo más profundo de su ser, sabía que eran los mismos.

Se bajó los pantalones y Tilly se sintió aliviada. Todo saldría bien.

Volvió a sentir el cuerpo de Rio sobre el suyo, la lengua insistente mientras batallaba con la suya. Su cuerpo respondió de un modo que no pudo controlar. De hecho, no podía controlar lo que estaba pasando. Estaba a merced de Rio y sería suya así para siempre.

–Te amo –volvió a decir. Necesitaba que él lo comprendiera–. No vine aquí para mentirte. Ni siquiera sabía que tú estarías aquí.

Rio no parecía estar escuchándola. Estaba quitándole las braguitas mientras ella lo miraba, acariciándole las mejillas.

–Mírame... mírame y dime que no me conoces –le suplicó.

Rio lanzó un gruñido que fue imposible de interpretar, pero la presión de su erección contra su feminidad era lo único que ella necesitaba. Sollozó de deseo. Cuando hicieran el amor, se sentiría mucho mejor. Él se sentiría mejor.

–¿Me deseas? –le preguntó él entre dientes. Le había atrapado las mejillas y la inmovilizaba contra la cama.

Tilly tenía el rostro cubierto de lágrimas. Necesitaba que Rio le dijera que era suya.

–Sí... –gimió, mientras se contoneaba debajo de él.

Rio sonrió, pero no fue una sonrisa amable, sino más bien un gesto cruel. Tilly no lo vio, porque tenía los ojos cerrados. Estaba esperando a que él le diera todo lo que necesitaba. Necesitaba recordar que él la amaba.

Rio se hundió en ella. Tilly gritó de placer.

–¡Sí!

–¿Me amas? –le preguntó él mientras salía de su cuerpo.

Aquel abandono supuso un dolor físico para ella. Levantó las caderas, tratando de encontrarle.

–Has dicho que me amas.

–Y así es –afirmó ella abriendo los ojos, suplicándole en silencio y comunicándole la verdad de su corazón.

–No te creo.

Volvió a hundirse dentro de ella. La tristeza que Tilly sintió pasó a un segundo plano por el deseo que sentía. Sin embargo, ahí estaba, presente, como una pequeña bomba de realidad que aún no había detonado.

No se dio cuenta de que lo estaba diciendo una y otra vez.

–Te amo, te amo, te amo...

Rio lanzó una maldición en su idioma y la besó para silenciarla, para borrarle aquellas palabras de los labios hasta que tan solo se escuchó el sonido de las respiraciones de ambos y de los movimientos del deseo en la habitación.

Poco a poco, el placer fue alcanzando dentro de Tilly un nivel casi febril. Su cuerpo se tensó hasta que, por fin, se catapultó hacia el gozo, sollozando y gimiendo a medida que el placer físico la rompía por dentro. Rio no tardó en seguirla y alcanzó el orgasmo con un sonido gutural, sin soltarle las muñecas, inmovilizándola para poder mirarla y ver en ella los retazos finales del deseo. La miraba con una intensidad que Tilly hubiera tomado por amor si él, inmediatamente, no le hubiera dejado helado el corazón.

–Te recordaré así –susurró. Antes de que terminaran los últimos vestigios del placer, se apartó de ella y le dio la espalda.

–¿Cómo puedes dudar de esto? –le preguntó ella, con incredulidad.

–¡Dudo de todo! –exclamó él, tras soltar una carcajada que sonó como una acusación.

–Tú me amas y yo te he hecho daño.

–¿Amarte? Ni siquiera te conozco, Cressida... ¡Maldita sea! Matilda. Eres tan mala como Marina. ¡No, peor aún! Te amaba de verdad y tú me permitiste... sincerarme contigo a pesar de que sabías que me estabas mintiendo.

–Ya te he dicho que ni siquiera sabía que tú estarías aquí –imploró ella mientras se incorporaba–. Cuando me enamoré de ti y estábamos... así, ya era demasiado tarde.

–¿Demasiado tarde? ¿Cuántas veces podrías haberme dicho la verdad?

–Quería hacerlo, pero se trataba de un secreto que no me pertenecía.

Rio sacudió la cabeza. Tenía una expresión de ira y desconfianza.

–Lo que acabamos de hacer es la única verdad que hemos compartido esta semana. Sexo. nada más.

–No digas eso –susurró ella–. Ha sido mucho más que algo físico. Piensa en todos los momentos que hemos compartido y dime que son mentira.

–Fácilmente. Todo ha sido una mentira. Pensaba que eras otra persona. Todo lo que pensaba sobre ti se basaba en eso. Entre nosotros, había atracción sexual y deseo. Una química increíble, pero no se trata de algo que no pueda conseguir con otra mujer.

–¡No! –exclamó ella. Las lágrimas le caían abundantemente por las mejillas–. Quise decírtelo tantas veces... pero se lo había prometido a Cressida. Tenía que cumplir mi promesa.

–Si tú lo dices... ¿Puedes estar lista dentro de una hora? –le preguntó.

–¿Para qué? –inquirió ella. Aún tenía el vestido levantado, rodeándole las caderas, y el cabello revuelto.

–Para regresar a la realidad. Quiero que salgas de esta maldita isla y de mi vida.

–Rafaelo te llevará a Sorrento. Mi helicóptero te llevará a Nápoles, donde te estará esperando mi avión privado.

–Rio...

Él se había duchado después de que hicieran el amor, aunque para él ya no había sido eso. Tan solo había sido una despedida.

–Te ruego que me dejes explicarme.

Él se puso de pie y agarró el respaldo de la silla. Tenía los nudillos blancos por la tensión.

–¿Crees que cualquier explicación que me puedas dar arreglará esto? Yo no sé nada sobre Matilda Morgan, pero tú lo sabes todo sobre mí. Te he dicho esta semana cosas que nunca antes le había contado a nadie. Me conoces y sabes que jamás te podré perdonar este engaño.

–Yo no vine a engañarte a ti.

–¿Y qué importa eso? El resultado es el mismo.

–Tengo un hermano –dijo ella–. Jack. Es mi mellizo. Hace poco se metió en un buen lío.

–No te esfuerces. No deseo conocerte –le espetó él fríamente–. Más bien, sé todo lo que tengo que saber sobre ti.

–Te lo ruego...

Rio miró el reloj.

–Rafaelo llegará en cualquier momento. Tienes hasta que él llegue.

–Jack debía dinero a unos hombres, hombres malos. Cressida entonces me pidió que viniera aquí y que fingiera ser ella. Me pagaría por ello. Yo estaba muy preocupada por Jack y, de repente, me pareció la solución perfecta. Es algo que ya había hecho antes.

–¿Y te paga por ello?

–Sí, pero esa no fue la razón por la que lo hice. Siento pena por ella. No es mala persona, Rio. Solo es una mujer egoísta y mimada y se merece algo mejor que el modo en el que la trata la prensa. Además, tú no debías estar aquí. Se suponía que me iba a reunir con un agente inmobiliario, vería la isla y luego...

–¿Luego qué? ¿Aceptarías dinero por una mentira? ¿Arreglarías los problemas de tu hermano? ¿Volverías a tu vida de siempre habiendo mentido a tu jefe? Te aseguro que nada de esto está sirviendo para que mejore la opinión que tengo de ti.

–No sabía que se iba a casar. Si lo hubiera sabido, no habría participado en esto.

Rio no respondió. Durante un instante, Tilly pensó que tal vez había esperanzas, pero no tardó en darse cuenta de que lo había perdido para siempre.

–¿Cuánto?

–Treinta mil libras.

Rio bajó los ojos. Tilly no tenía ni idea de lo que estaba pensando. En la distancia, se oyó el inconfundible motor de la lancha fueraborda. El pánico se apoderó de ella.

–Te amo.

–Otra mentira –le espetó él–. ¿Dónde está tu bolsa?

–No es una mentira –insistió ella. Rodeó la mesa y le puso una mano encima del brazo. Rio la miró con desprecio y desafío–. No quiero marcharme. Deja que me quede.

–¿Quieres quedarte? –le preguntó él. Tilly asintió esperanzada–. Puedes hacerlo, *cara*, pero quiero que sepas que lo único que voy a buscar en ti es sexo. Es lo único de todo esto que creo que no estabas fingiendo. Incluso te daré treinta mil libras si eso hace que te sientas más cómoda.

Tilly palideció y los ojos se le llenaron de lágrimas. Levantó una mano para abofetearle la mejilla y Rio no hizo esfuerzo alguno por detenerla. Le pareció el final perfecto para lo que habían compartido.

–Lo tomaré como un «no» –afirmó sin sentimiento alguno.

–Tómalo como una invitación al infierno.

Capítulo 12

E L ASCENSOR subía muy lentamente o, tal vez, Rio estaba impaciente, aunque no dejaba traslucir sentimiento alguno. ¿Se sorprendería ella de verlo?

Había evitado llamar para pedir cita y conseguir así que ella no supiera que iba a estar allí. Cuando volviera a ver a Matilda Morgan, quería que fuera una sorpresa.

Por fin, las puertas del ascensor se abrieron y él salió. Todo el mundo se volvía para mirarlo a su paso. Su presencia despertaba mucho interés.

Tres recepcionistas lo recibieron en el mostrador de la planta.

—He venido a ver a Art Wyndham.

—¿Le espera el señor Wyndham, señor? –le preguntó una de ellas.

—No, pero le aseguro que querrá verme.

La mujer lo miró durante un instante y luego comprobó la pantalla del ordenador. Entonces, se dispuso a apretar un botón de su teléfono. Rio se lo impidió.

—Preferiría darle una sorpresa.

—Ah. En ese caso, tiene que subir una planta más. El escritorio de su asistente personal está justo enfrente del ascensor. Ella le indicará.

—*Grazie.*

Rio volvió a meterse en el ascensor y apretó el botón. Unos segundos más tarde, las puertas se abrieron. Miró inmediatamente el escritorio. Allí vio a una mujer que estaba mirando hacia abajo. Su cabello era oscuro. Rio sintió una profunda desilusión. No era Matilda. En realidad, había ido a ver a Art. ¿Qué importaba que no estuviera Matilda?

—¿Puedo ver a Art?

—Oh... ah...

La mujer tomó el teléfono cuando logró recuperarse de la sorpresa.

—¿Señor Wyndham? Un caballero desea verlo —dijo. La mujer guardó silencio unos instantes—. ¿Cómo se llama usted?

—Rio Mastrangelo.

—¡Oh! ¡Oh! ¡Es el señor Mastrangelo, señor! —exclamó. Otra pausa—. Enseguida —añadió. Colgó el teléfono—. Su despacho es la segunda puerta a la derecha.

Rio se quedó perplejo dado que la asistente debería haberlo acompañado a la puerta, pero asintió y se dirigió al despacho indicado.

—¡Rio! Entra —le dijo Art—. Espero que perdones a la asistente que tengo contratada temporalmente. Es una buena chica, pero no sabe nada de lo que hay que hacer. Tuve que despedir a mi asistente —añadió mientras los dos hombres se sentaban, con una imponente vista del Támesis a sus espaldas—, aunque, si hubiera sabido que me iba a pasar cuatro semanas conociendo a todas las asistentes de las agencias de contratación, no lo habría hecho.

—¿Despediste a Matilda?

—Sí —murmuró Art—. La conociste. O, más bien, la conociste haciéndose pasar por mi hija. Lo siento mucho. Por supuesto, no tenía ni idea de lo que estaban tramando. La despedí en cuanto llegó. No me podía creer que hubiera ayudado a Cressida a casarse con ese inútil. Bueno, eso no es asunto tuyo. ¿Qué puedo hacer por ti?

No paraban de llamar a la puerta. Eso hacía que le empeorara aún más el dolor de cabeza.

—Voy —dijo ella.

Se sonó la nariz y tiró el pañuelo de papel al suelo. Se apartó el cabello del rostro. No recordaba la última vez que se había duchado. Seguramente, hacía ya algunos días.

Estornudó. Justo en ese instante, mientras abría la puerta, estornudó una segunda y una tercera vez, por lo que se sentía algo desorientada cuando abrió la puerta.

La confusión siguió a la desorientación. ¿Estaba alucinando o era verdad que Rio Mastrangelo estaba allí, en su puerta? Había desaparecido la barba porque se había afeitado y se había cortado el cabello. Ya no quedaba nada del Rio de la isla, pero era él. Estaba muy guapo con un traje gris y una elegante camisa blanca de la que llevaba desabrochado el último botón.

Tragó saliva y apartó la mirada.

—¿Qué estás haciendo aquí?

—*Dio,* tienes un aspecto terrible.

Tilly estaba segura de que era así, pero eso no era asunto de Rio. Ni siquiera se había despedido de ella cuando Rafaelo fue a buscarla a la cabaña. Ella se había marchado, con la cabeza alta. Decidió adoptar la misma actitud que entonces y cuadró los hombros.

—¿Has venido a insultarme un poco más?

—¿Has estado llorando?

—No —mintió, y volvió a estornudar. Por supuesto que había estado llorando. Se había pasado dos semanas sin parar de llorar. No solo por lo que le había pasado con

Rio, sino por la injusticia de perder su trabajo y la amistad con Art–. Tengo un resfriado.

–¿Un resfriado?

–Sí, ya sabes. Estornudos, toses, dolor de garganta... –dijo ella. Como para enfatizar sus palabras, volvió a estornudar.

–Es verano.

–¿Y qué?

–En ese caso, ve a sentarte antes de que te caigas al suelo.

–Lo haré en cuanto te marches –le espetó ella.

Rio dio un paso al frente y a Tilly no le quedó más remedio que dejarlo pasar. Él entró en su casa y avanzó hasta el salón mirando a su alrededor.

–¿Qué estás haciendo aquí?

–¿Dónde está tu dormitorio?

–¿Qué? No puedes estar hablando en serio –comentó ella asombrada.

–Por mucho que me cueste resistirme a ti, parece que estás a punto de desmayarte. Vete a dormir. Te prepararé un té.

–No, Rio... no necesito descansar. No sé por qué estás aquí, pero quiero que te vayas inmediatamente.

–Vete a dormir.

Ella suspiró y se apoyó contra la pared. Rio se iba a marchar. Fuera lo que fuera lo que le había llevado hasta allí, no era importante. No tenía ganas de discutir con él.

–Adiós –dijo ella.

Entonces, cuando llegó al dormitorio, se dio cuenta de que él no había respondido.

Tilly se despertó muy temprano, tanto que aún no había amanecido. Se sentó en la cama sin estornudar ni sentir dolor de cabeza por primera vez en más de una semana. Se llevó la mano al cabello y notó lo enredado que lo tenía. Por primera vez también desde que enfermó, la idea de lavarse no la dejó completamente agotada.

Hasta que se metió en la ducha, no recordó la visita de Rio de la noche anterior. ¿Lo habría soñado? Seguramente. ¿Qué motivo podía haberle llevado a su casa en la vida real? Ninguno. Ya no había nada entre ellos.

Se lavó el cabello y se lo enjuagó. Entonces, se puso una mascarilla y se enjabonó el cuerpo. Tuvo que apoyarse contra la pared porque el cansancio se estaba volviendo a adueñar de ella.

Se enjuagó y se envolvió con una toalla. Se secó el cabello y, a pesar de que no estaba aún al cien por cien, se sentía mucho mejor, aunque el agotamiento se debía también a que no había comido como era debido desde hacía varios días.

Se puso un albornoz y salió del cuarto de baño. Entonces, se dirigió al salón. Al llegar allí, se quedó helada. Rio estaba sentado entre sus cojines, con la cabeza baja. Llevaba la misma ropa con la que lo recordaba del día anterior, así que no, no había soñado su visita.

—¿Qué estás haciendo aquí? —le preguntó.

Rio levantó por fin la cabeza para mirarla. Lo hizo muy detalladamente, pero no contestó.

—Te he preguntado qué estás haciendo aquí.

Rio se puso de pie y se acercó a ella. Entonces, le indicó que lo siguiera a la cocina. Confusa y asombrada, Tilly lo siguió. Allí, ella vio que había dos tazas vacías y un plato que tenía migas. ¿Había desayunado en su casa?

Él la miraba fijamente, casi como si quisiera que la mirada le llegara hasta el alma.

—Tienes mejor aspecto.

—Gracias.

–¿Eres tú? –le preguntó él mientras señalaba una de las muchas fotos que ella había colocado sobre la puerta del frigorífico.

–Sí.

–¿Y este es tu hermano?

–Mi mellizo.

–No os parecéis.

–No. Yo me parezco más a mi madre y él a mi padre.

Entonces, Rio se dio la vuelta y comenzó a preparar dos tazas de café. El sonido le recordó a Tilly a Prim'amore y le provocó un escalofrío por la espalda.

–Te he preguntado qué estás haciendo aquí –dijo con firmeza, a pesar de lo que estaba sintiendo.

–Ayer fui a ver a Wyndham. Tú no estabas allí. Me dijo que te había despedido.

–¿No me digas? –replicó ella con sorna–. No me había dado cuenta.

–No creo que pueda despedirte porque te tomaras una semana de vacaciones.

–Esa no es la razón por la que...

–Hay leyes que protegen a los empleados.

Tilly asintió y se acercó para recoger su café. No le importaba que Rio fuera un invitado en su casa. Necesitaba un poco de energía para afrontar aquella conversación.

–Lo sé, pero le aprecio demasiado como para enfrentarme a él. No podía seguir trabajando para él después de ayudar a Cressida a maquinar en su contra, a pesar de que yo no lo sabía.

–No sabías que Cressida se iba a casar.

–Eso ya no importa. Dejé que me pagara para hacerme pasar por ella. Os mentí a Art y a ti, al hombre que amaba. Ahora estoy mintiendo a mis padres, dado que les mataría saber que me han despedido. Sea como sea, nada de eso es asunto tuyo.

Rio levantó su taza con una sonrisa. Permaneció mirándola durante mucho tiempo. Inconscientemente, Tilly se fue alejando de él hasta colocarse cerca de la puerta.

—No tenía tu dirección —le dijo él.

—Bueno, el hecho de que estés aquí parece indicar que no te ha importado.

—Y tampoco tu número de teléfono. Cuando te marchaste de la isla...

—Después de que me ordenaras que me marchara —le recordó ella.

—Recuerdo haberte dado la opción de que te quedaras.

—¿Como amante de pago? —le espetó ella. Sin que pudiera evitarlo, los ojos se le llenaron de lágrimas al recordarlo.

—Estaba muy enfadado.

—Lo sé.

—Había empezado a pensar que el amor era una quimera hasta que te conocí y me perdí por completo. El hecho de descubrir que me habías estado engañando... mi orgullo quedó herido. Y reaccioné mal.

—En realidad, tenías todo el derecho a sentirte enfadado, pero te repito que jamás pensé que me encontraría contigo. Ciertamente, nunca planeé... sentirme así. No quería. Quería ignorarlo.

—Ninguno de los dos pudimos ignorarlo.

—Eso ya no importa.

—A mí sí me importa —dijo él—. He venido a disculparme, Matilda.

Ella cerró los ojos. Escuchar su verdadero nombre en labios de Rio era una delicia.

—¿Por qué?

—Elige. Por sugerir que te estabas prostituyendo. Por decirte que lo único que compartíamos era el sexo.

Por obligarte a marcharte de la isla cuando lo que de verdad quería era suplicarte que te quedaras. Por decirte que te amaba y luego demostrar que no era merecedor de tu amor en ningún sentido –susurró. Por fin, dio un paso hacia ella y se arrodilló a sus pies–. Por dejar que te enfrentaras a todo esto sola, cuando debería haber estado apoyándote.

El corazón de Tilly latía con fuerza. No se podía creer lo que estaba ocurriendo.

–Estabas enfadado, pero tienes que saber que la mujer que conociste en la isla, a la que le dijiste que la amabas... esa era yo. En lo único en lo que te mentí fue en mi nombre.

–Lo sé.

Tilly se quedó atónita. ¿Lo sabía? ¿Qué significaba eso?

–Creo que lo sabía hasta cuando te estaba pidiendo que te marcharas –confesó Rio–. Fui a Prim'amore a enfrentarme a mis propios demonios, pero allí sentí más ira. Con mi madre, con mi padre, con lo que habían hecho con sus vidas... Te lo hice pagar a ti. Eso no estuvo bien por mi parte. Porque tú, Matilda Morgan, eres el amor de mi vida y te merecías que te tratara mucho mejor. Debería haber escuchado lo que me tenías que decir y haberte apoyado, pero nada de lo que pudieras hacer conseguiría cambiar nada. Me había enamorado de ti y quería amarte para siempre. Y lo haré a pesar de lo que tú me respondas, pero te suplico que me dejes amarte. Dame otra oportunidad para amarte como te mereces.

Tilly no se podía creer lo que estaba escuchando. ¿Estaría alucinando?

–No tenía manera de contactar contigo –prosiguió él–. Me resistí durante mucho tiempo y me quedé en la isla tratando de convencerme de que me alegraba de que te hubieras marchado. Sin embargo, te echaba de menos cada noche.

—Era solo sexo. Tal y como tú me dijiste.

—No. No era solo sexo. He hecho las dos cosas y conozco bien la diferencia —afirmó—. Decidí venir a Londres para ver a Art, aunque, en realidad, vine a verte a ti. Tenía un plan, pero tú no estabas en tu escritorio.

—¿Qué plan?

—Quería sorprenderte en tu escritorio, decirte que me iba a reunir con Art para decirle que no podía vender Prim'amore porque significaba mucho para mí. Que pensaba construir la casa que mi madre diseñó y vivir allí con la mujer que amo, pero no estabas allí. Cuando me enteré de que te habían despedido, me sentí muy culpable y desesperado. No te había protegido. Te había dejado sola.

—No tenías por qué protegerme —susurró ella con estoica determinación, a pesar de que sentía ganas de llorar de alegría.

—No, pero es mi privilegio querer hacerlo —afirmó él—. Había dado por sentado que estarías allí, esperando mi gesto.

—Si no me hubiera despedido, habría dejado yo mi trabajo —afirmó ella—. Había traicionado a Art.

—Tú solo estabas tratando de hacerle un favor a Cressida. No sabías sus verdaderas intenciones. Matilda...

—Tilly, por favor. Solo mis padres me llaman Matilda cuando están enfadados conmigo.

—Tilly —dijo él con una sonrisa. Entonces, se puso por fin de pie—. Estaba furioso contigo, pero, a la vez, tengo mucha suerte. Me he enamorado de ti no una vez, sino dos. La mujer que conocí en la isla, de la que me enamoré inmediatamente, y ahora de ti y de todo lo que aún desconozco de ti. Quiero amarte en todo tu ser. ¿Me lo vas a permitir?

Tilly dejó escapar un sonido. No sabía si era un sollozo o una carcajada. Sonrió y asintió con la cabeza.

–Yo no quería mentirte –sollozó–. Quise decírtelo tan pronto como comprendí lo en serio que íbamos, pero estaba el dinero y... Todo ocurrió muy rápidamente.

–Ahora lo sé. Siento que perdieras tu trabajo, pero, si te sirve de consuelo, creo que Art está dispuesto a admitirte de nuevo con los brazos abiertos. O, tal vez, dado que ahora no estás trabajando, considerarías venirte conmigo. Ahora mismo. Esta noche.

–¿Adónde?

Rio sonrió.

–A nuestro futuro, *mi amore*.

–No me has dicho cómo se tomó Art la noticia –murmuró Tilly mientras inspeccionaba el horizonte para ser la primera en ver Prim'amore.

–Suavicé un poco el golpe –comentó él mientras le apretaba suavemente la mano–. Arketà. ¿Para qué necesito dos islas? Además, es mucho mejor para él. Ya tiene infraestructuras y resulta más fácil llegar a tierra firme.

–Ha sido muy amable de tu parte.

–Cuando estés lista, iremos a visitarlo juntos. Sé que sabe que se equivocó contigo y que lamenta lo que hizo.

Tilly se encogió de hombros y volvió a mirar hacia el agua para buscar la isla.

–Trabajé mucho tiempo para él. Le aprecio mucho. Me duele pensar que me culpa, aunque he de admitir que, sin mí, a Cressida le habría resultado más difícil marcharse para casarse.

–Hablando de bodas –replicó él mientras cambiaba de tema muy sutilmente–. Creo que nos podríamos casar en la isla, pero hay dos problemas.

Tilly lo miró asombrada.

—¿Casarnos? ¿Acaso no me he dado cuenta de que me hayas pedido matrimonio? —comentó ella riéndose.

—Te dije que quería amarte para siempre, ¿no?

—Sí.

—¿Y qué crees que significaba eso? Te dije que te amaba para siempre y te pedí que me dejaras amarte. ¿No te parece eso una proposición de matrimonio?

—No recuerdo que te arrodillaras.

—Claro que sí. Estuve arrodillado a tus pies mucho rato.

Tilly se golpeó en la frente. Las mejillas le dolían de tanto sonreír. Por fin, por encima del hombro de Rio, vio la punta del volcán. Allí estaba la isla.

No tardaron en llegar. Rafaelo maniobró el bote y lo encalló en la cala que había frente a la cabaña.

Tilly miró a Rio y vio que él aún la estaba observando.

—Ya veremos —dijo con una carcajada.

Rio saltó del bote y le ofreció una mano para ayudarla a bajar. Ella la miró durante un instante, pero luego saltó al agua, cayendo perfectamente de pie. Después se dejó caer al agua, completamente vestida.

Cuando se volvió a poner de pie, vio que Rio la estaba observando como si hubiera perdido la cabeza.

—Eres verdaderamente única. ¿Por qué me parece que la vida contigo va a tener pocos instantes de aburrimiento?

—Eso sí los hay.

Rio se acercó a ella y la tomó en brazos para llevarla hacia la playa. La depositó en la arena y luego regresó al bote para recoger las dos bolsas que ambos llevaban.

—Voy a llevarlas dentro —le dijo cuando llegó junto a ella.

Tilly asintió y se despidió de Rafaelo antes de que el hombre se marchara de nuevo en el bote.

Cuando Rio regresó, lo hizo con una botella de champán y dos copas.

—¿Después de lo que pasó la última vez? —comentó ella riéndose.

—Solo una copita. Me apetece celebrar algo.

—¿El qué?

Rio volvió a arrodillarse para abrir mejor el champán. Después, le tomó la mano a Tilly.

—Creo que mi primera proposición de matrimonio pasó algo desapercibida, así que deja que te lo pida otra vez. Matilda Morgan, ¿quieres casarte conmigo? Cásate conmigo donde sea, cuando sea, pero sé mi esposa para siempre. Quiero pasarme la vida evitando que te caigas en los volcanes.

Tilly se percató de que él se había sacado del bolsillo un estuche de terciopelo.

—Oh... —susurró, casi cegada por el hermoso diamante, que iba rodeado de esmeraldas.

—Como tus ojos.

—Me encanta...

—¿Te lo vas a poner, Tilly? Si te lo pones, sabré que tú me perteneces a mí y que yo te pertenezco a ti.

Ella asintió. No se atrevía a hablar.

—¿Te casarás conmigo delante de tu familia y amigos?

—Claro que sí —afirmó ella, riendo de felicidad.

Y así fue. Se casaron dos meses después del día en el que ella se marchó de la isla desesperada. Asistieron a la boda la familia de Tilly, sus amigos e incluso los Wyndham, además de más de doscientos invitados más. Delante de todos ellos, prometió amar a Rio durante el resto de su vida, aunque Tilly no era capaz de ver a ninguno de ellos. Solo tenía ojos para Rio.

Lo veía según lo que era, el multimillonario que había dedicado su vida a preservar edificios y objetos de interés. También lo veía como el niño que fue, el niño al que solo había amado una persona en la Tierra, la persona que se había pasado años despidiéndose lenta y dolorosamente de su único hijo. Lo vio también como sería. Su compañero de vida, su amante y sí, el padre de sus hijos.

Sonrió al pensar en la pequeña vida que albergaba en su vientre, pero aquel era su secreto. Le daría aquel regalo más tarde, cuando estuvieran los dos solos.

La noche cayó y los invitados seguían con ellos. Las estrellas relucían en el cielo. Tilly apretó su cuerpo contra el de Rio y dejó que él la abrazara. Justo en aquel momento, una estrella fugaz cruzó el firmamento, como si quisiera darle sus buenos deseos desde el cielo.

Tilly miró a su esposo y sonrió. Su futuro era más brillante que mil estrellas fugaces juntas.

Bianca

¡Su inocencia quedó al descubierto!

FALSAS RELACIONES

Melanie Milburne

Abby Hart, una conocida columnista londinense cuyos artículos versaban sobre las relaciones amorosas, ocultaba un gran secreto que no podía revelar a nadie: su prometido, el hombre perfecto, era ficticio y, además, ella era virgen. Cuando la invitaron a una famosa fiesta con fines benéficos, a la que debía ir acompañada de su prometido, no tuvo más remedio que pedir ayuda a Luke Shelverton.

Después de la trágica muerte de su novia, Luke se negó a hacerse pasar por el prometido de Abby. Al final, para evitar que la reputación de ella sufriera un daño irreparable, aceptó hacerse pasar por su novio. Pero la inocencia y fogosidad de Abby le hicieron sucumbir a sus encantos…

¡YA EN TU PUNTO DE VENTA!

Acepte 2 de nuestras mejores novelas de amor GRATIS

¡Y reciba un regalo sorpresa!

Oferta especial de tiempo limitado

Rellene el cupón y envíelo a
Harlequin Reader Service®
3010 Walden Ave.
P.O. Box 1867
Buffalo, N.Y. 14240-1867

¡Sí! Por favor, envíenme 2 novelas de amor de Harlequin (1 Bianca® y 1 Deseo®) gratis, más el regalo sorpresa. Luego remítanme 4 novelas nuevas todos los meses, las cuales recibiré mucho antes de que aparezcan en librerías, y factúrenme al bajo precio de $3,24 cada una, más $0,25 por envío e impuesto de ventas, si corresponde*. Este es el precio total, y es un ahorro de casi el 20% sobre el precio de portada. ¡Una oferta excelente! Entiendo que el hecho de aceptar estos libros y el regalo no me obliga en forma alguna a la compra de libros adicionales. Y también que puedo devolver cualquier envío y cancelar en cualquier momento. Aún si decido no comprar ningún otro libro de Harlequin, los 2 libros gratis y el regalo sorpresa son míos para siempre.

416 LBN DU7N

_____

Nombre y apellido   (Por favor, letra de molde)

_____

Dirección   Apartamento No.

_____

Ciudad   Estado   Zona postal

Esta oferta se limita a un pedido por hogar y no está disponible para los subscriptores actuales de Deseo® y Bianca®.
*Los términos y precios quedan sujetos a cambios sin aviso previo.
Impuestos de ventas aplican en N.Y.

SPN-03   ©2003 Harlequin Enterprises Limited

DESEO

Su amistad cicatrizaba las heridas de ambos...

Ese hombre
prohibido

CHARLENE SANDS

Cuando su novio la dejó plantada en el altar, Jessica Holcomb se
refugió en la mansión que el marido de su difunta hermana tenía
en una playa de California. Allí descubrió que Zane Williams, una
superestrella del *country*, seguía bajo el peso de la devastadora
pérdida de su esposa.
La repentina atracción que sintió Jess hacia Zane le pareció
algo increíble, aunque más increíble fue que Zane se interesara
por ella.

¡YA EN TU PUNTO DE VENTA!

Bianca

Él solo veía una salida:
legitimar a ese hijo casándose con ella

PROMESAS
Y SECRETOS

Julia James

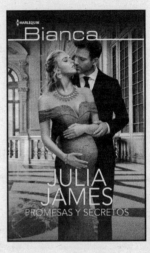

Eloise Dean se había dejado conquistar por el carismático magnate italiano Vito Viscari desde el primer día. Y, desde ese día, en su cama, había disfrutado de un placer inimaginable. Ella creía haber encontrado al hombre de su vida, pero no sabía que Vito nunca podría ser suyo.

El sentido del deber, y la promesa que había hecho a su padre moribundo, obligó a Vito a romper con Eloise, pero no era capaz de olvidarla.

Meses después, su obsesión por ella lo empujó a buscarla para volver a tenerla entre sus brazos. Solo entonces descubriría la sorprendente verdad: Eloise estaba esperando un hijo suyo...

¡YA EN TU PUNTO DE VENTA!